Rüdiger Schneider

Café Colombia

Personen und Handlung sind frei erfunden. Etwaige Ähnlichkeiten sind reiner Zufall.

Geschrieben in Cartagena de Indias (Kolumbien), Manaus und Porto Alegre (Brasilien).

Rüdiger Schneider

Café Colombia

Erzählung

Bibliografische Information der Deutschen Nationalbibliothek: Die Deutsche Nationalbibliothek verzeichnet diese Publikation in der Deutschen Nationalbibliografie; detaillierte bibliografische Daten sind im Internet über http://dnb.d-nb.de abrufbar.

Herstellung und Verlag: BoD – Books on Demand, Norderstedt

ISBN: 9783757821821

1

Brigitte Brandner war bekennende Feministin und ein wenig lesbisch. Als grüne Bonner Stadträtin setzte sie sich zum Beispiel dafür ein, dass viel mehr Straßen und Plätze nach Frauen benannt wurden, forderte beim Gendern auch, dass der Begriff ‚Mutter' in ‚entbindende Person' verwandelt werden sollte. Das Wort ‚Vater' hatte als patriarchalisches Relikt natürlich ganz zu verschwinden. Sie selbst machte bei ‚Facebook', wo sie übrigens fast 4000 Follower hatte, keinen Hehl daraus, dass sie selbst nur einen Sohn und einen Hund hatte. Den Mann, wie sie nicht ohne Stolz schrieb, hatte sie nur zur Zeugung gebraucht. „Wozu sonst braucht frau die Kerle!?" hatte sie kommentiert. Unter ihren Freundinnen erhielt sie dafür viel Beifall, der sich mit klatschenden Smileys, knallroten Rosen oder ebenso roten Herzchen zeigte. So war das auch bei ihrem Spruch zum internationalen Frauentag. Da hatte sie geschrieben: „Nicht umsonst ist die Dame die mächtigste Figur im Spiel." Es war eine Anspielung auf Schach und als solche ein ziemlicher Blödsinn. Zwar hat die Dame tatsächlich die größten Bewegungsmöglichkeiten, aber ohne den König ist sie wertlos. Ist der mattgesetzt, ist das Spiel vorbei. Man kann beim Schach auch die Damen tauschen, die eigene sogar opfern und trotzdem gewinnen. Der König entfaltet seine Kraft im Endspiel. Mit ihrem Spruch zeigte Brigitte Brandner nur, dass sie von dem Spiel keine oder nur wenig Ahnung hatte. Der Spruch war nichts anderes als das Fanal einer angriffslustigen Feministin oder einer Amazone auf dem Kriegspfad.

Brigitte Brandner war auch als Hardlinerin für den Klimaschutz bekannt. Sie wollte Amazonien retten, Schiffe einsetzen für Eisbären, die auf Schollen trieben, Gletscher künstlich abkühlen, Windparks umzäunen, so dass die Vögel nicht in die Rotoren gerieten. Die Emission von Kohlendioxid sollte gegen Null geschraubt werden, was im Prinzip nichts anderes hieß, als das Atmen zu verbieten. Und, was tatsächlich als Gesetzentwurf ihrer Partei in Bearbeitung war: Die Produktion von Sprudelwasser sollte verboten werden und nur noch stilles Wasser erlaubt sein. Dass es mit einem solchen Gesetz bald auch stilles Bier geben würde, ließ man außer acht. Überhaupt wäre damit der Prozess der Gärung ausgeschaltet und die Produktion von Sekt sähe ihrem Ende entgegen. Aber solche Gesetzentwürfe wurden in grüner Verblendung nicht zu Ende gedacht, sondern mit missionarischer Euphorie unters Volk gebracht.

„Fühl der Tante wegen dem Klimamärchen mal auf den Zahn!" sagte eines Tages mein Chef in seiner schnoddrigen Art zu mir. „Sie hat die Zustimmung zu einem Interview gegeben." Klaus Peter Heinen war Eigentümer des ‚Bonner Wochenblatt', ich der leitende Redakteur des Feuilletons. Wir schrieben mit der Zeitung schwarze Zahlen, weil wir nicht regierungstreu waren, sondern unser Ohr am Volk hatten, das nach der Coronazeit wegen zunehmender Krisen mehr und mehr in eine Depression getrieben wurde. Mit unserer satirischen Beilage ‚Der Weihnachtsmann' konterten wir irre Gesetze mit Humor, mussten aber im Laufe der Zeit einsehen, dass unsere Artikel von der Wirklichkeit eingeholt wurden. So erfanden wir etwa die Helmpflicht für Fußgänger, denn irgendetwas konnte immer vom Himmel fallen, vor allem, wenn man Baustellen passierte. Ein Hit war auch das vom Staat vorgeschriebene umgitterte Bett, damit der Bürger bei einem nächtlichen, sorgenvollen Umwälzen nicht von der Kante stürzen konnte. Besonders die Grünen nahmen wir gerne aufs Korn. Aber als dann mein Artikel über die gesetzliche Verpflichtung zum Tragen einer Solarmütze erschien und es entrüstete Nachfragen gab, warum die Grünen nach ihren wirren Heizungsgesetzen jetzt auch noch mit so etwas kämen, stellten wir den ‚Weihnachtsmann' ein. Die Wahrnehmung der Wirklichkeit hatte die Satire eingeholt. Im Erfinden von Unsinn waren die Regierenden besser als wir.

Für das Interview mit Brandner wollte Heinen nicht nur das Klimamärchen angesprochen wissen, sondern auch den Wahnsinn mit den Wärmepumpen, die Vetternwirtschaft im Ministerium und die chinesische Entgleisung. Damit hatte er den Besuch der grünen Außenministerin in China gemeint und ihren missionarischen Auftritt als Lehrmeisterin für Menschenrechte, was die Chinesen heftig verärgert hatte und die deutsche Wirtschaft Milliarden kosten würde.

Unsere Zeitung war begehrt bei den Bürgern, die sich von zunehmenden Krisen umzingelt sahen und gerne lasen, was wir davon hielten. Monat für Monat mussten wir die Auflage steigern. Das ‚Bonner Wochenblatt' lief auch überregional sehr gut. Die Zeitung, bei der wir an Hochglanzpapier nicht sparten, erschien am Samstagabend und war am Sonntagmorgen zwischen Flensburg und München restlos ausverkauft.

Meine Reportagen und Kolumnen unterzeichnete ich mit dem Kürzel HPF, Hans Peter Friedsam. Auf das Interview mit Brigitte Brandner hatte ich mich bestens vorbereitet, ihre Vita im Internet studiert. Sie war 42 Jahre alt, also gerade mal vier Jahre jünger als ich, war als Rechtsanwältin in die Politik eingestiegen und hatte rasch eine grüne Karriere hingelegt. Dass sie auf dem Sprung war, Parteivorsitzende und dann Bundeskanzlerin zu werden, war kein Geheimnis. Sie selbst hatte auf Facebook und Instagram diesen Anspruch verbreitet.

2

Das Interview mit Frau Brandner fand in ihrem Büro im Bonner Rathaus statt. Ich traf auf eine recht hübsche Frau von 42 Jahren. Sie hatte eine kastanienbraune Ponyfrisur, schöne grüne Augen und eine recht attraktive Figur, die durch einen engen Hosenanzug betont wurde. Brandner war anfangs recht freundlich, servierte mir einen Kaffee und wurde erst ärgerlich, als ich sie fragte, warum sie an das Märchen vom Kohlendioxid als Treibhausgas glaube. Den Klimawandel hätte es schon seit Millionen von Jahren gegeben. Ursache dafür sei eine veränderte Umlaufbahn der Erde um die Sonne und gewiss nicht das vielgescholtene Kohlendioxid.

Die Brandner schlug die Beine übereinander, sah mich streng und strafend an und sagte: „Was wollen Sie denn da für eine Nachricht verbreiten!? Natürlich ist das Kohlendioxid schuld. Alle wissen das. Nur Sie nicht."

„Wissen?" entgegnete ich. „Das ist Irreführung, ein blöder Glaube, der sich in den Köpfen festgesetzt hat. Ich habe selbst entsprechende Experimente in den Labors der Chemiker und Physiker mitverfolgen können. Sogar bei einer Konzentration von hundert Prozent Kohlendioxid ist der Wärmeeffekt gleich Null. Und wir haben in unserer Luft nur eine Konzentration von gerade mal 0,04 Prozent. Was soll also dieses Klimatheater? Die Experimente lassen sich in wissenschaftlichen Artikeln nachlesen. Aber die Grünen scheinen diese Berichte verstecken zu wollen."

Da kniff die Brandner ihre Katzenaugen zusammen und ich erwartete die Aufforderung: „Verlassen Sie mein Büro!"

Aber sie sagte nur: „Sie wissen doch sicherlich, dass die Konzentration unerheblich ist. Eine kleinste Menge Zyankali kann schon tödlich sein. Probieren Sie's aus. Nehmen Sie mal 0,04 Gramm davon!"

„Ja", dachte ich, „wenn die Grünen so argumentieren und weitermachen, bleibt mir auch nichts anderes übrig." Aber ich blieb gelassen. Schillers Spruch fiel mir ein, dass gegen Dummheit selbst die Götter vergebens kämpfen. Ich kramte meine naturwissenschaftlichen Kenntnisse zusammen, antwortete:

„Zyankali lässt sich nicht mit Kohlendioxid vergleichen. Das Cyanidion ist hochaktiv, doggt an Hämoglobin an. Das Molekül des Kohlendioxid aber ist nahezu inert, reaktionsträge und weder seine Struktur noch die Verteilung der Elektronen geben den geringsten Anhaltspunkt für die ihm unterstellte Thermodynamik. Wasserdampf dagegen ist ein Treibhausgas. Und dann wollen die Grünen ausgerechnet Autos haben, die mit Wasserstoff betrieben werden. Der verbrennt nämlich zu Wasserdampf. Und die Produktion von Wasserstoff ist außerdem sehr stromintensiv. Das extremste Treibhausgas ist übrigens Tetrafluorkohlenstoff. Und ausgerechnet damit wollt ihr eure bescheuerten Wärmepumpen betreiben."

Ich war in meiner Empörung über die verrückten Grünen etwas ausfallend geworden, aber das schien Brigitte Brandner nicht zu beeindrucken. Sie lächelte und meinte: „Sie sind ja wie ein Don Quijote, der gegen Windmühlenflügel kämpft. Alle Welt weiß, dass das Kohlendioxid der Klimasünder Nummer Eins ist. Nur Sie scheinen das nicht zur Kenntnis nehmen zu wollen. Aber Sie können mir gerne die Artikel, auf die Sie sich berufen, zeigen. Sie haben eine Visitenkarte?"

„Ja", sagte ich etwas erstaunt über diese Frage, zog aus meiner Jacketttasche eine Karte, schob sie ihr zu. Wollte sie mich anrufen, nach meinen wissenschaftlichen Quellen fragen? Als ich das Thema wechseln wollte, kam sie mir zuvor und sagte:

„Sie wissen, dass ich mit Ihrem Chef vereinbart habe, dass ich der Veröffentlichung des Interviews erst zustimmen muss? Ohne meine Genehmigung wird nichts erscheinen."

„Ja, weiß ich. Hat er mir erzählt. Was wollen Sie damit sagen?"

„Es wird kein Interview erscheinen. Sie müssen mir nichts vorlegen. Ich gebe nicht meine Zustimmung. Sie sind ein verbohrter Quertreiber. Wer weiß zu welch abenteuerlichen Einfällen Sie sonst noch fähig sind."

Damit fühlte ich mich entlassen, packte mein Notizheft in die Umhängetasche, ebenso die Kamera, deren Auslöser nicht ein einziges Mal betätigt worden war und verabschiedete mich.

„Seien Sie mir nicht böse", sagte sie. „Die seltsamen Artikel, die die

Gefährlichkeit des Kohlendioxid leugnen, will ich trotzdem sehen."

Und dann geschah am Abend jenes Wunder, vom dem ich manchmal noch glaube, ich hätte das geträumt. Es klingelte gegen halb Neun in meiner Wohnung. Ich drückte den Öffner für die Haustür, wartete im Flur, dachte, Klaus Heinen würde kommen, aber da stand auf einmal Brigitte Brandner vor mir, lächelte, fragte: „Darf ich hereinkommen?"

Sie hatte ihren Hosenanzug gegen einen knielangen Rock getauscht, hielt in der Hand eine Flasche Sekt.

„Natürlich", antwortete ich, trat zur Seite, damit sie hereinkommen konnte. Sie bewegte sich provozierend langsam an mir vorbei. Ich schnupperte ein sehr intensives Parfüm, wahrscheinlich ‚La vie est belle' oder ‚Chanel No. 5'. Blitzschnell erkannte ich, was sie eigentlich wollte, schloss die Tür, schob meine Hand unter ihren Rock und fühlte einen ziemlich feuchten Slip. Nur ein paar Sekunden später wälzten wir uns auf meinem Flurteppich.

3

Was danach kam, war an Absurdität kaum zu überbieten. Ich zog mir die Hose hoch und sagte: „Jetzt können wir in Ruhe den Sekt genießen." Sie aber schüttelte den Kopf, stieg wieder in den Slip, strich sich den Rock glatt, griff die Flasche Sekt, die während des Getümmels in eine Flurecke gerollt war und sagte:

„Die habe ich nur als Lehrbeispiel mitgebracht. Um zu zeigen, dass jeder kleine Verzicht zum Umweltschutz beiträgt. Die Flasche bleibt zu. Die nehme ich jetzt wieder mit."

„Und die wissenschaftlichen Artikel zur Unschädlichkeit des Kohlendioxid?" fragte ich. „Die wollen Sie nicht lesen?"

„Wozu auch!?" antwortete sie spitz. „Sie sind der Einzige, der an die Unschädlichkeit eines die Welt vernichtenden Gases glaubt."

Ehe ich verblüfft etwas entgegnen konnte, hatte sie die Flurtür geöffnet und sie von außen wieder zugeschlagen. Ich hörte sie noch die Treppe hinuntereilen, hörte auch, wie sie die Haustür öffnete und ebenfalls zuschlug. Dann vernahm ich das Aufheulen eines Motors. Brigitte

Brandner fuhr davon. Das war gegen neun Uhr am Abend gewesen. Ich rief Klaus Peter Heinen an und sagte:

„Wir müssen uns unbedingt treffen. Ich erzähle dir eine Geschichte, die glaubst du nicht."

Einmal die Woche trafen wir uns in einer Kneipe in der Bonner Südstadt. Die Kneipe hieß ‚Zur lustigen Witwe'. Ab 23 Uhr durfte man dort rauchen, hatte vorher aber die Personalien anzugeben und eine Unbedenklichkeitserklärung zu unterschreiben.

„HPF", meinte Heinen, „heute ist Montag. Wir treffen uns dort doch immer erst freitags."

„Aber die Geschichte ist so irre, die muss ich dir heute erzählen und brauche ein paar Bier dabei."

„Die Brandner?" fragte er.

„Ja, die Brandner."

„Na gut. Ich komme. Aber nicht vor Elf."

„Recht so", sagte ich. „Ich muss mich erst etwas erholen und habe ja auch eine längere Anfahrt."

Zu dieser Zeit wohnte ich in einem kleinen Kurort etwa in der Mitte zwischen Bonn und Koblenz. Ich nannte ihn immer den ‚stillen Ort'. Die Einwohner waren überaltert. Es war ein Rentnerdomizil. Die meisten kauften sich dort eine Eigentumswohnung und reservierten voraussehend zugleich ein Urnenloch im Friedwald. Auch das Ordnungsamt war seltsam. Selbst auf dem Parkplatz von Edeka hatten sie Parkautomaten aufgestellt und wer vergessen hatte, sich ein Zettelchen zu ziehen, hatte bei der Rückkehr vom Einkauf ein Protokoll an der Windschutzscheibe kleben. Im Prinzip hatten sie diese Automaten an jeder freien Ecke aufgestellt und trieben fleißig Gebühren für Ordnungswidrigkeiten ein.

4

Bis zum Treffen in der ‚Lustigen Witwe' hatte ich noch Zeit, stand auf dem Balkon, sah in den schon dunklen, stillen Ort, zündete mir eine Zigarette an, womit ich wieder eine Sünde gegen die Umwelt beging. Beim Verbrennen des Tabaks wird Kohlendioxid frei. Auch gönnte ich mir ein Fläschchen Bier, das ich einem Kasten entnahm, für dessen Kauf ein Euro nach Amazonien ging. ‚Saufen für den

Regenwald' hieß das Projekt im Volksmund nach einem Song der Band ‚Herzlos'.

„Mit jeder Flasche, die wir köpfen, können wir neue Hoffnung schöpfen. Jane und Tarzan sind in Not, das Mahagoni ist bedroht. Mangroven gibt's schon bald nicht mehr, reich mir noch ne Flasche her."

Ich dachte über das Verhalten der Brigitte Brandner nach und konnte mir keinen Reim daraus machen, warum sie mit der ungeöffneten Flasche Sekt so rasch abgezogen war. Was war das? Ein Erziehungsversuch? Eine Bestrafung für lustvolles Vögeln auf dem Flurteppich? Ich gab das Nachdenken darüber auf. Vieles war in Deutschland widersinnig geworden und oft genug hatte ich beim Hören der Nachrichten das Gefühl in einem weitläufigen Irrenhaus zu leben. Ich verstand nicht, warum die Grünen sich so gegen wissenschaftliche Erkenntnisse sträubten. Auch ich hatte zunächst an das Märchen vom Kohlendioxid geglaubt, hatte dann aber einige Zweifel gehabt und in Köln einen ehemaligen Klassen-kameraden besucht, der inzwischen Professor für anorganische Chemie geworden war. Walter Fabius. Er nahm mich mit in sein Labor, sagte: „Sieh bei dem Experiment zu, das ich mache, und ziehe aus deiner Beobachtung die entsprechenden Schlüsse!"

Er nahm einen 500-Liter Glasbehälter, der innen mit einem Thermometer versehen war, deckte den Behälter mit einer Gasplatte zu, stellte darüber in einem genau gemessenen Abstand eine Infrarotlampe.

„So", meinte er, „in dem Behälter ist jetzt ganz normale Luft mit einem Anteil an Kohlendioxid von 0,04 Prozent. Ich schalte die Lampe ein, notiere jede Minute die steigende Temperatur, schalte dann die Lampe aus und messe wieder jede Minute die sinkende Temperatur. Die Werte zeichne ich auf durchsichtiges Millimeterpapier in ein Diagramm, erhalte so eine Kurve für die steigende und die absinkende Temperatur. Danach wiederhole ich das Experiment mit einer Konzentration an Kohlendioxid von 100 Prozent. Selbstverständlich bleiben für den Versuch alle Parameter gleich, also Abstand der Infrarotlampe, Zeitmessung, Außentemperatur."

Als der Versuch mit der ganz normalen Luft beendet war, leitete er aus einer

Gasflasche Kohlendioxid in den Behälter, verdrängte damit die Luft, so dass wir eine reine Kohlendioxid-Atmosphäre hatten. Er notierte wieder die Werte, erhielt auch hier eine Kurve für Aufwärmung und Abkühlung. Dann legte er die beiden Diagramme übereinander, fragte mich:

„Was siehst du?"

„Die Kurven mit der normalen Luft und die Kurven aus dem Experiment mit der Kohlendioxid-Atmosphäre decken sich, sind völlig gleich", antwortete ich verblüfft.

„Eben!" sagte er. „Dass das Kohlendioxid ein Treibhausgas sein soll, ist ein Märchen."

Dann erklärte er mir noch an einer Tafel die Struktur des Kohlendioxidmoleküls, sprach von Dipolen und Elektronegativitäten und sagte: „Allein von seiner Struktur her kann dieses Molekül nicht die ihm unterstellten Eigenschaften haben. Es ist barer Unsinn, was die Grünen verkünden und all die Verblendeten, die ihnen mit Enthusiasmus und Verbissenheit folgen, als müssten sie die Welt im letzten Moment retten. Klimaphänomene gibt es seit Millionen von Jahren. Am Kohlendioxid liegt es nicht. Eher an einer sich verändernden Umlaufbahn der Erde um die Sonne. Aber auf so einen Gedanken kommen diese Holzköpfe nicht."

5

Natürlich hatte Fabius sein Experiment, das er hundertfach wiederholt hatte, und die entsprechenden Schlussfolgerungen daraus in naturwissenschaftlichen Fachzeitschriften veröffentlicht. Aber die Grünen, falls sie in ihrer ideologischen Verblendung so etwas überhaupt lasen, ignorierten es, blieben weiter bei der Mär von dem bösen Treibhausgas. Auch wir hatten das Experiment im ‚Wochenblatt‘ veröffentlicht. Allerdings zu einer Zeit, als der ‚Weihnachtsmann‘ noch satirische Beilage war. Sodass unsere Leser anscheinend glaubten, der Artikel sei vom ‚Weihnachtsmann‘ ins Feuilleton gerutscht. Alle Welt schien der Klimahysterie zu folgen. Eine schwedische Göre gründete ‚Fridays for future‘, Klimaaktivisten klebten sich an Straßen fest, blockierten Flughäfen oder zerstörten Gemälde in Museen, um auf den drohenden Weltuntergang aufmerksam zu machen.

Ich fragte mich: Wo bleibt beim deutschen Bürger der Kopf bei all diesen Krisen? Krieg, Klima, Inflation, Energie, Wärmepumpen. Und täglich verkündete der deutsche Chefvirologe neue bedrohliche Mutanten. Zudem war auch die digitale Welt von Viren betroffen und man wurde von einem Update zum anderen gejagt. Kein Wunder also, wenn sich eine besorgte und depressive Stimmung über das Land legte, als hätte man den Tod auf den Fersen.

Meinen Chef, den Klaus Peter Heinen, schien das wenig zu bekümmern. Er hatte, ohne es darauf abgesehen zu haben, ein angenehmes Los gezogen, war vor ein paar Jahren, um sich ein eigenes Bild vom Regenwald zu machen, nach Brasilien geflogen, nach Manaus am Amazonas. Als er zurückkam, sagte er:

„Alles Quatsch. Typisch deutsche Hysterie. Das Gebiet ist so riesig, da schaden auch die paar Rodungen nicht. Saufen für den Regenwald. Was für ein Unsinn!"

Er kam nicht nur mit dieser Erkenntnis zurück. Er hatte mit Luana auch eine schöne Indianerin mitgebracht, erzählte mir dazu folgende Geschichte:

„Weißt du, in Manaus treffen sich zwei riesige Ströme, der Rio Negro und der Amazonas. Eines Tages saß ich in etwas melancholischer Stimmung an einem Flussstrand des Rio Negro, saß an der Theke einer mit Palmstroh gedeckten Bar, bewunderte den Abendhimmel, der ein zärtliches Blau hatte. Da sagte ich zu der Indianerin hinter der Theke den einzigen Satz, den ich auf Portugiesisch kannte. ‚Sem uma mulher a vida nao tem sensido.‘ Ohne Frau macht das Leben keinen Sinn. Da hat sie verwundert geguckt, gelacht und mir einen Caipirinha ausgegeben. Die Tage danach war ich wieder da und so weiter. Ich habe ihr einen Reisepass besorgt, in Manaus beim Notar eine Lebensgemeinschaft eintragen, das Dokument vom Portugiesischen ins Deutsche übersetzen und wieder vom Notar beglaubigen lassen. Nur mit den bornierten Typen in der deutschen Ausländerbehörde war es zunächst schwierig, den Aufenthaltstitel für sie zu bekommen. Die hatten es noch nicht erlebt, dass jemand mit einer Indianerin vom Amazonas auftaucht, hielten sie wohl für eine Außerirdische. Aber mit der Zusicherung, dass sie, was ja auch sinnvoll war, eine Sprachschule besucht, um Deutsch zu lernen, ließ sich das letztlich regeln. Seitdem führe ich ein angenehmes Leben. Happy wife, happy life. Ist übrigens der Wahlspruch von Boris Becker. Mit den Feministinnen in unserem Land habe ich nichts mehr zu tun. Die belästigen mich nicht mehr."

6

Da die Ausländerbehörde sich stets mit bürokratischen Querelen einschaltete und einmal sogar mit der Abschiebung von Luana drohte, ging Heinen das Wagnis der Ehe ein und bereute es nicht. Zwei hübsche Mädchen wurden geboren. Er hatte jetzt eine richtige Familie. Auch ich wurde mehr und mehr in einen brasilianischen Freundschaftskreis einbezogen und fühlte mich mit der Herzlichkeit der Brasilianer recht wohl. Mir fiel auf, dass die Brasilianerinnen in Wesen und Kleidung femininer wirkten. Während die deutschen Frauen in der Regel Hosen trugen, schmückten sich die

Südamerikanerinnen mit bunten, langen Kleidern. Und auch der Gang war unterschiedlich. Die Deutsche hatte zumeist einen zielbewussten, bisweilen sogar energischen Schritt drauf, während die Brasilianerinnen mit wiegenden Hüften gingen, als begleite sie Sambamusik.

Bei den abendlichen Treffen mit Klaus Peter Heinen in der ‚Lustigen Witwe‘ waren es mehr philosophische Runden als Small Talk beim Bier. An einigen Abenden entwickelte Heinen eine Philosophie oder auch Psychologie der Weiblichkeit und kam zu dem Schluss, dass aus der ursprünglich angelegten Polarität und Ergänzung der Geschlechter ein Konkurrenzkampf geworden war. Er bezweifelte nicht, dass es gegenüber den Frauen viele Ungerechtigkeiten gegeben habe, aber aus dem Ruf nach Gleichheit sei inzwischen der Ruf nach Unterschieds-losikeit geworden. Die wunderbare, schöne und geheimnisvolle Aura des Weiblichen sei zunichte. In diesem Zusammenhang sagte er zu mir:

„Kein Wunder, lieber Hans Peter, wenn du hier nichts findest und Affären aneinanderreihst wie Perlen auf einer Schnur."

Mit dieser Bemerkung hatte er zweifellos recht. Etwas Dauerhaftes gelang mir nicht. Entweder traf ich auf Frauen, die mich umerziehen wollten – „Hock dich bitte hin beim Pinkeln!" – traf auf intellektuelle Feministinnen, die nachts statt zu vögeln lieber diskutieren wollten, oder traf auf Esoterikerinnen, die bei einem Waldspaziergang Elfen in Holunderblüten sahen. Sah mich eine Frau strafend an, wenn ich morgens zur ersten Tasse Kaffee eine Zigarette anzündete, ließ ich eher die Dame sausen als meinen morgendlichen Genuss. Am Abend dann das gleiche Spiel. Wollte ich nach der ersten Flasche Bier noch eine zweite köpfen, wurde mir die Flasche entrissen mit der Bemerkung: „Das ist eine zu viel!"

Die Damen, die nachts lieber über irgendeinen soziologischen Schwachsinn diskutieren wollten, statt sich mir hinzugeben, hoben mahnend den Zeigefinger und sagten: „Hans Peter, du kannst nicht immer nur vögeln wollen!"

Bei den Esoterikerinnen, die oft noch zur nettesten Gruppe gehörten, bemühte ich mich redlich, aber es gelang mir nicht,

Elfen und Zwerge zu sehen. Und dass sie vor 5000 Jahren einmal als ägyptische Priesterin gewirkt hatten, entzog sich für mich der Nachprüfbarkeit.

Alles in Allem hatte ich im Liebesleben nichts als Elend erlebt, mich schon der Beziehungsunfähigkeit bezichtigt und war kurz davor zu resignieren.

7

Ein paar Minuten nach Elf war ich in der ‚Lustigen Witwe'. Heinen saß schon an der Theke und kam meiner Erzählung mit den Worten zuvor:

„Lass mich raten. Du wünschst dir eine Beziehung mit der Brandner."

Ich schüttelte den Kopf. „Nein. Körperlich ist sie zwar sehr attraktiv, aber geistig neigt sie zur Idiotie."

Dann erzählte ich, was vorgefallen war und schloss mit: „Immerhin durfte ich mich endlich mal wieder lustvoll bewegen."

Auf die Geschichte mit dem Sekt wusste er auch keinen Reim, meinte nur:

„Wahrscheinlich war das ein Alibi, damit sie nicht noch einmal ihren weiblichen Instinkten anheim fällt. Nach der Teppichnummer hat sie ihren kühlen Verstand wieder eingeschaltet. Aber was ist mit dem Interview?"

„Wird nichts draus. Sie hält mich für einen Quertreiber und hat die Genehmigung entzogen."

„Macht nichts", bemerkte er. „Wir müssen nichts mehr gegen die Grünen schreiben. Die gehen dem Volk langsam auf den Keks und vernichten sich selbst."

Klaus Peter Heinen bestellte noch zwei Bier, wechselte das Thema und fragte:

„Weißt du eigentlich, dass immer mehr deutsche Rentner auswandern und weißt du auch, welches Land immer beliebter wird?"

„Keine Ahnung. Spanien?"

„Nein."

„Brasilien?"

„Nein, auch nicht. Seitdem die Deutschen im Verbund mit den Schengen-Staaten die Reiseregelungen für Brasilianer erschwert haben, revanchieren die sich. Dorthin auszuwandern wäre zwar schön, ist aber nicht so einfach. Außerdem haben die Europäer wegen der klugen Politik des brasilianischen Präsidenten einige Missklänge erzeugt. Der will nämlich keine Waffen an die Ukraine liefern, sondern ist für Friedensverhandlungen. Das Verhältnis ist etwas getrübt. Die Deutschen werfen lieber Milliarden für Waffen aus dem Fenster, lassen die eigenen Rentner Flaschen sammeln und nehmen gefährliche Eskalationen in Kauf."

„Nun spann mich nicht auf die Folter!" sagte ich. „Welches Land meinst du denn?"

„Kolumbien."

„Kolumbien?"

„Ja. Kolumbien."

„Wo ist das? Gut, ich weiß ja, Südamerika. Aber wo genau?"

„Oben im Nordwesten. Sie haben zwei Küsten. Eine pazifische und eine karibische."

„Gut. Warum erzählst du mir das? Du hast doch irgend etwas vor damit."

„Ja, richtig. Dir stehen noch drei Wochen Urlaub zu. Hänge eine Woche dran. Mache in Kolumbien Interviews mit den Ausgewanderten, frage sie, warum sie ausgewandert sind und wie es ihnen dort geht. Dann haben wir einen Knaller für unsere Zeitung. Ich übernehme Flug- und Hotelkosten."

„Ist dieses Land nicht zu gefährlich?" wandte ich ein.

„Ach was! Die Zeiten der Guerilla, der FARC und des Paramilitärs sind vorbei. Und lies bloß nicht die Reisewarnungen des Auswärtigen Amtes. Wenn es nach denen ginge, dürftest du dich keinen halben Meter vom heimischen Balkon entfernen."

„Olala!" sagte ich. „Wann soll die Reise losgehen?"

„Ich schlage vor in einem Monat. Bis dahin solltest du etwas Spanisch lernen, um dich besser zurechtzufinden. Ein paar Adressen der Ausgewanderten habe ich. Ich schlage vor, dass du zuerst nach Cartagena de Indias fliegst. Das liegt an der karibischen Küste und wird auch die Perle Südamerikas genannt. Da hast du einen guten Einstieg. Ein großzügigeres Angebot kann ich dir nicht machen. Lass es dir durch den Kopf gehen und sage mir Morgen Bescheid."

8

Über Auswanderer hatte ich mir noch nie Gedanken gemacht. Sicher, manchmal hieß es, der Fritz oder der Heinz ist ausgewandert. Aber dann war es in der Regel Spanien, und der Grund war klar. Sie wollten mit dem deutschen Winter nichts mehr zu tun haben. Es waren also vor allem klimatische Gründe. Jetzt also Kolumbien. Das hatte Heinen und mich ziemlich verwundert. Heinen hatte sogar von einer beginnenden Welle gesprochen. Wir hatten an der Theke spekuliert. Was sind die Gründe? Das rein Klimatische konnte es nicht sein.

„Wahrscheinlich", vermutete Klaus Peter Heinen, „sind es auch wirtschaftliche Gründe. Mit einer schmalen Rente und inflationären Preisen kommen hier viele nicht mehr zurecht. In Österreich bekommen die Rentner fast das Doppelte. Von denen wandert niemand aus. Warum zum Kuckuck schaffen die Deutschen nicht eine ebenso große Belohnung für ein jahrelanges Arbeitsleben? Bestimmt sind es auch politische Gründe. Politikverdrossenheit. Was das grüne Wirtschafts- und Klimaministerium an Vetternwirtschaft und absurden Plänen hinlegt, sucht seines Gleichen. Die installieren einfach zahlreiche neue Stellen, hochdotierte Posten, und schanzen sie

Freunden oder der Familie zu. Und die sind noch nicht einmal für den Job qualifiziert. Und kann mir mal jemand sagen, warum die grüne Außenministerin für 134 000 Euro im Jahr eine Visagistin engagiert? Hat sie es als Frau nicht selber gelernt, wie man sich kleidet, frisiert und schminkt? Klar, dass der Bürger, der mit Mühe durch den Monat kommt, dann sauer wird. Offensichtlich betrachten die Grünen den Staat als Beute und benutzen ihn als Instrument, um auf Teufel komm raus ihre Ideologie durchzusetzen. Was hatten wir früher doch für charakterlich integre Figuren in der Politik! Adenauer, Brand, Schmidt. Heute herrscht dagegen die politische Dekadenz. Wahrscheinlich hauen auch deshalb immer mehr deutsche Rentner ab."

„Na ja", erweiterte er seine Vermutungen über das Auswandern noch um einen weiteren Grund und lächelte mich verschmitzt an. „Vielleicht auch sind in Kolumbien die Frauen etwas anders als hier. HPF, auch das wirst du herausfinden müssen. Ich weiß, das ist etwas delikat."

„Sehr delikat. Wie soll das denn gehen? Kolumbien hat doch viel zu viele Frauen."

„Idiot! Du sollst da nicht rumvögeln!

Lerne exemplarisch eine kennen! Oder lass es dir von den Ausgewanderten erzählen."

„Woher hast du überhaupt die Adressen der Ausgewanderten?" fragte ich.

„Ganz einfach. Es sind Abonnenten unserer Online-Ausgabe. Sie wollten sich ein Stück Heimat bewahren und unser Blatt weiterlesen."

Konnte ich Heinens großzügiges Angebot ablehnen? Nein! Er war überhaupt ein Glücksfall gewesen. Vom Vater hatte er einen florierenden Wirtschaftsverlag übernommen. Aktien, Business und kapitalistisches Geschäftsgebaren waren aber nicht sein Metier. Seine Interessen gingen eher in Richtung Literatur, Philosophie, Kultur überhaupt. Er hatte nach dem Tod der Eltern den Verlag verkauft, auch gut geerbt und konnte sich jetzt seinen wirklichen Interessen widmen. Da hatte er das ‚Bonner Wochenblatt' gegründet, anfangs rote Zahlen geschrieben, bis es dann langsam bergauf ging. Ich hatte mich nach einem erheblich in die Länge gezogenen Germanistikstudium bei ihm beworben und war für das Feuilleton eingestellt worden. Und im Laufe der Zeit, da wir geistig ziemlich beieinander lagen, war daraus eine Freundschaft geworden. Nein, das Angebot nach Kolumbien zu fliegen und herauszufinden, warum es bei Auswanderern so beliebt wurde, würde ich nicht ablehnen.

9

Zur atmosphärischen Einstimmung auf meine Reise hatte mir Heinen aus seiner umfangreichen Bibliothek zwei Bücher des kolumbianischen Schriftstellers und Literaturnobelpreisträgers Gabriel García Márquez gegeben. Den Roman ‚Die Liebe in den Zeiten der Cholera‘ und die Autobiographie ‚Leben, um davon zu erzählen‘. Beide Werke las ich in wenigen Tagen durch, hatte mir bei ‚amazon‘ auch einen Spanischlehrgang mit CDs bestellt und gleich den Lehrgang für Fortgeschrittene dazu. Ich bereute, auf dem Gymasium in den altsprachlichen, sich humanistisch nennenden Zweig gesteckt worden zu sein. Auf Latein und Altgriechisch konnte ich mit niemandem reden. Die alten Griechen waren tot, ebenso die alten Römer. Allein der Papst sprach noch Latein. Aber bei dem würde ich als völlig unbekannte Person niemals eine Audienz bekommen und auch nicht wegen meiner manchmal unfrommen Gedanken.

Ich lernte bis zu fünf Stunden am Tag Spanisch, schrieb auch weiter Kolumnen für das ‚Wochenblatt' und hatte wegen eines früheren Beitrags einen Prozess zu überstehen. Da hatte eine bornierte Ausländerbehörde im Westerwald einer verwitweten Freundin von Luana, die aus Venezuela kam, den Aufenthaltstitel nicht verlängert. Obwohl sie schon lange in Deutschland lebte, dort auch Rente bezog, einen festen Wohnsitz und Sohn und Enkelkinder hatte. Der Beamte in der Behörde hatte nicht die persönlichen Verhältnisse anhören, noch nicht einmal den Reisepass sehen wollen und nur mürrisch gesagt: „Gesetz ist Gesetz!" Sie war kurzfristig mit Abschiebung unter Haftandrohung bedroht worden und entrüstet und schockiert wegen deutscher Bürokratie nach Caracas geflogen.

In meiner Kolumne hatte ich geschrieben: „Da zeigt sich die alte Nazi-Mentalität mal wieder. Gesetz ist Gesetz. Egal, welcher Idiot es verfasst hat."

Es hatte eine Anzeige wegen Beleidigung gegeben, ein Gerichtsverfahren, bei dem Heinens Anwälte dem Beamten der Ausländerbehörde allerdings ein erhebliches Fehlverhalten nachweisen konnten. Und zu mir hatte der Richter wohlwollend bemerkt:

„Seien Sie mit solchen Aussagen etwas vorsichtiger. Aber so ganz Unrecht haben Sie nicht. Der Fall ist damit abgeschlossen. Die Kosten des Verfahrens hat der Antragsteller zu tragen."

Nach vier Wochen, es war Mitte Mai, war ich mit meinen Vorbereitungen fertig, packte einen kleinen Rucksack. Bei meinen Flügen gab ich nie Gepäck auf, wollte bei der Ankunft, ohne lange am Band zu warten, sogleich aus dem Flughafen raus. Solch ein Verfahren schien mir vor allem auch für den Rückflug von Südamerika nach Deutschland sinnvoll. Gerade hatte nämlich ein Skandal für erhebliches Aufsehen gesorgt. Zwei brasilianische Lehrerinnen waren in Frankfurt gelandet, aber man hatte in São Paulo die Koffer getauscht und ihnen zwanzig Kilo Kokain in anderen Koffern, die mit ihrem Namensschild versehen waren, untergeschoben. Am Frankfurter Flughafen war ein eingeweihter Helfer, der die Kokainkoffer in Empfang nehmen sollte. Aber die Hunde der Zöllner hatten dem einen Strich durch die Rechnung gemacht. Die beiden Lehrerinnen kamen in Untersuchungshaft, und jetzt geschah das eigentlich Skandalöse. Die brasilianische Polizei hatte rasch die Schuldigen gefunden, die deutsche Botschaft darüber informiert. Auch den Frankfurter Helfer hatte man geschnappt. Und trotzdem, obwohl der Fall klar war, behielt man die beiden Brasilianerinnen vier weitere Wochen in Haft. Auch darüber hatte ich eine Kolumne geschrieben. In Brasilien hatte dieser Fall für erhebliches Unbehagen gesorgt. Laut einer Umfrage dort hatten über neunzig Prozent der Brasilianerinnen angegeben, nicht oder nicht mehr nach Deutschland fliegen zu wollen. Die Kolumne schloss ich mit dem Satz:

„So belasten deutsches Unverständnis und deutsche Bürokratie internationale Beziehungen."

Was Anzeigen und Prozesse betraf, hatte ich noch einen vergessen. Ich hatte eine Kolumne über das Märchen vom Kohlendioxid geschrieben und mir prompt von einer grünen Abgeordneten eine Anzeige wegen Irreführung der Bürger eingehandelt und wurde zum Widerruf aufgefordert. Aber bevor es zu einem Prozess kam, hatten sich Richter und Staatsanwalt auf einen Ortstermin in Fabius' Labor eingelassen. Fabius wiederholte vor ihren Augen das Experiment und wieder, was nicht anders zu erwarten war, zeigten sich die Kurven deckungsgleich. Selbst eine Atmosphäre von hundert Prozent Kohlendioxid hatte keinen Einfluss auf die Temperatur. Der Staatsanwalt hatte daraufhin wortlos das Labor verlassen, der Richter aber gemeint:

„Ja, ja, jetzt weiß ich auch, wo das Ozonloch geblieben ist." Und er hatte sich das selbst beantwortet: „Das hat es nie gegeben. Alles nur Panikmache. Mich würde nur interessieren, welcher Mechanismus, welche Interessen dahinter stecken."

Zu einem Prozess war es dann nicht mehr gekommen.

Dank Heinens Vermögen konnten wir uns excellente Anwälte leisten und hatten solche Prozesse stets abgewehrt oder gewonnen. Bis auf einen einzigen Fall. Im Westerwald wohnte in einer abgeschiedenen Gartenlaube ohne Stromanschluss und fließendes Wasser ein frommer Einsiedler, der weder Fernseher, noch Computer, noch Smartphone besaß und so etwas auch gar nicht besitzen wollte. Trotzdem sollte er Gebühren bezahlen und bekam sogar Erzwingungshaft angedroht. Eines Tages erschien er in der Bonner Redaktion und schimpfte in unfrommer Art: „Ich will mir den Scheiß, den die senden, nicht angucken. Wozu soll ich bezahlen? Ich kann gar nichts sehen." Ich hatte mich in einer Kolumne in der Rubrik ‚Sorgen unserer Bürger' darum gekümmert und diese Zwangszahlungen angeprangert. Aber in einem nachfolgenden, von Heinen bezahlten Prozess, hatte der Einsiedler verloren und war sogar dazu verurteilt worden, aus seiner Gartenlaube auszuziehen und sich an einen ordentlichen Wohnsitz zu begeben, an dem Fernsehen und Teilnahme am digitalen Leben möglich waren. Wie wir später erfuhren, war er daraufhin nach Albanien ausgewandert.

Anfeindungen von Kritikern unseres Blattes gab es häufig. Aber wir recherchierten sorgfältig, hatten unser Ohr, wie schon gesagt, am Volk, an seinen Sorgen und Bedrängnissen, und über die kritischsten Punkte halfen unsere Anwälte hinweg. Was ARD und ZDF oft verschwiegen, deckten wir durch andere Quellen auf. Es war nur zu befürchten, dass es um unsere Sicherheit nicht zum Besten stand. Aber Heinen wollte keinen Wachdienst. Attentate auf Redaktionen waren uns bislang nur in Paris bekannt. Von Islamisten hatten wir nichts zu befürchten. Wir sahen nicht den geringsten Grund satirische Bemerkungen über Mohammed zu machen.

„Die Religion bleibt außen vor", hatte Heinen als Leitlinie gegeben. Nur einmal durfte ich in der Coronazeit die katholische Kirche anprangern, weil sie es zugelassen hatte, dass ausgerechnet die Weihwasserbecken trocken bleiben mussten und Chorgesang verboten war. So etwas hätte es im Mittelalter nie gegeben. Aber in der scheinbar aufgeklärten

Neuzeit ließ sich der Bürger leicht einschüchtern und verängstigen und folgte jeder noch so unsinnigen Regulierung.

11

Inzwischen war das grüne Wirtschafts- und Klimaschutzministerium mit weiteren irren Vorschlägen gekommen. Statt ins Ausland zu reisen sollten die Deutschen den Urlaub lieber in der Heimat verbingen, bitte nicht mehr fliegen, sondern sich Bus und Bahn anvertrauen. Nicht zu fliegen, sondern den Zug zu nehmen, diese Empfehlung galt auch für ausländische Besucher. Wie allerdings jemand mit der Eisenbahn von Australien, Neuseeland, Japan, China, Südamerika und so weiter nach Deutschland kommen sollte, wurde nicht gesagt. Wahrscheinlich wurde gerade daran gearbeitet, die Ballonfahrt wieder einzuführen. Die Tourismusbranche war schockiert. Die noch von Corona geschwächte Hotelerie und Gastronomie verstand die Welt nicht mehr. Als ich Heinen am Telefon davon erzählte, sagte er:

„Ja, ja, ich weiß. Ist gut so. Die Grünen werden sich mit ihrem Unfug selbst vernichten. Aber verhüte bitte der liebe Gott, dass sie nach dem nächsten Urnengang Kanzler oder Kanzlerin stellen. Dann ist der Untergang nicht mehr aufzuhalten. Aus dem einstigen Vorzeigeland wird endgültig eine Bananenrepublik werden. Und das alles wegen einer Ideologie, die nicht stimmt. Ihre Aktivitäten und Gesetzentwürfe beruhen auf einer Hypothese, die bisher noch niemand bewiesen hat. Das ist so, als würde man wegen dem Märchen von Rotkäppchen Waldspaziergänge verbieten. Du lässt dich doch bitte nicht von dem Kolumbienflug abhalten?"

Er lachte, als er das sagte.

„Natürlich nicht", antwortete ich. „Mit dem Fahrrad komme ich wohl kaum dorthin. Zu Fuß auch nicht. Der Zeppelin fliegt nicht soweit und ein Ballon würde abhängig von den Winden eher nach Grönland getrieben werden."

„Gut", meinte er. „Übrigens wollen sie auch den Besuch aus Übersee deckeln, bereiten den Besuchern schon in den Botschaften und Konsulaten Probleme. Ein Inder erzählte mir neulich, es habe 16

Wochen gedauert, bis er überhaupt einen Termin für den Besuch des deutschen Konsulats bekommen habe. Das Konsulat in Cartagena, falls du das jemals besuchen solltest, ist übrigens geschlossen worden. Wie auch viele andere. Sie behaupten, der Umwelt zuliebe den Massentourismus aus Übersee eindämmen zu wollen. Hat es jemals Massentourismus aus Übersee nach Deutschland gegeben? Ich weiß davon nichts. Wann fliegst du?"

„Am 22. Mai. Mit KLM von Amsterdam aus. Zwischenstopp in Bogotá, dann weiter nach Cartagena de Indias. Das ist übrigens der zeitlich kürzeste und vom Preis her günstigste Flug. Weniger als halb so teuer wie mit Lufthansa, die übrigens Cartagena gar nicht anfliegt."

„Sehr schön. Hotel hast du schon?"

„Hotel nicht, eher Hostal, 14 Euro die Nacht. Die Fotos im Internet waren wunderbar, sehr ansprechend. Und die Bewertungen auch. Das Hostal wird von einem Franzosen und seiner kolumbianischen Frau betrieben. Es heißt ‚La Terraza de Estella'. Sieh dir die Bilder im Internet einmal an. Oder lieber nicht. Sonst kommst du in Versuchung selber zu fliegen."

12

Die Redaktionsräume des ,Bonner Wochenblatt' waren Parterre in einem im Renaissancestil restaurierten Haus in der Bonner Südstadt. In der ersten und zweiten Etage waren die Wohnungen der Heinens. Ein paar Tage vor meinem Abflug, als ich mich gerade auf die Fahrt zur Redaktion begeben wollte, rief mich Klaus Peter Heinen an.

„Komm bitte durch den Garten herein und dann über die Terrasse. Die Tür dort ist auf. An die Haustür hat sich am frühen Morgen eine Klimaaktivistin geklebt. Eine von der Gruppierung ,Letzte Generation'. Sie hat an die Tür auch ein Pappschild geklebt. ,HPF, hör auf zu schreiben!' Ich weiß noch nicht, was ich machen soll."

Ich ging zum Fenster, sah hinaus. Der Himmel war blau und klar.

„Lass sie kleben!" sagte ich. „Die Aktion will ich mir erst einmal ansehen."

„Kleben lassen? Wie lange denn? Bis ich ein Skelett an der Haustür habe?"

„So lange natürlich nicht. Ich bringe ihr Brötchen und einen Becher Kaffee mit. Wie alt ist die Dame denn?"

„Keine Ahnung. Vielleicht zwanzig. Warum fragst du das?"

„Wegen der medizinischen Versorgung."

Auf der Fahrt nach Bonn hielt ich unterwegs bei einer Bäckerei, kaufte zwei mit Käse belegte Brötchen und einen Becher ‚Coffee to go'. Zu Hause hatte ich noch ein Buch eingesteckt, damit die Dame etwas Kurzweil haben konnte. Titel des Buches: ‚Grün und dumm'.

Als ich angekommen war, hielt ich vor dem Haus, stieg aus, sah sie an der Tür hocken, die linke Hand hatte sie an das Holz geklebt, hockte auf dem Boden. Die junge Dame war recht hübsch. Bis auf die in grellem Grün gefärbten Haare.

„Sie sollten lieber einen Mann glücklich machen", sagte ich zu ihr, „statt sich hier festzukleben. Ich bin übrigens der HPF."

„Ich werde Sie wegen sexistischer Beleidigung anzeigen", meinte sie.

„So? Was habe ich denn Schlimmes gesagt? Was ist falsch daran, einen Mann glücklich zu machen?"

„Sie haben an etwas ganz Bestimmtes gedacht."

„Na, wunderbar. Gedanken lesen können Sie auch. Hier, damit Ihnen die Zeit nicht zu lang wird!"

Ich stellte den Becher mit Kaffee vor sie, legte die Tüte mit den beiden Brötchen daneben, und auch das Buch. Mit dem Kommentar: „Damit Sie sich aufklären können!"

Sie warf einen kurzen Blick darauf, las den Titel, griff mit der rechten Hand das Buch, schleuderte es in die Hecke des Vorgartens.

„Wissen Sie eigentlich, wie lange es dauert", fragte ich, „bis der Gehalt an Kohlendioxid in der Luft sich wieder auf den vorindustriellen Stand eingependelt hat, wenn man radikal alle Verbrennungsvorgänge stoppen würde? Es handelt sich dabei nur um ein paar unerhebliche Prozentpunkte. Von 0,04 zurück auf 0,03 Prozent. Dauert das zehn, zwanzig oder dreißig Jahre?"

„Höchstens zehn Jahre", antwortete sie.

„Von wegen", sagte ich. „Das dauert 400 000 Jahre. Vorausgesetzt in dieser Zeit bricht kein Vulkan aus. Warum also diese verrückte Eile? Sie engagieren sich blind für die falsche Idee. Außerdem ist das Kohlendioxid kein Treibhausgas. Das ist alles Blödsinn, was die Grünen veranstalten. Außerdem ist das global ziemlich unerheblich, wenn hier in Deutschland die Emission von Kohlendioxid gedrosselt wird. Warum also dieser Ökoterror?"

„Ein Land muss anfangen", meinte sie. „Wir haben eine Vorbildfunktion."

„Ja, ja", bemerkte ich. „Viel Spaß noch. Die Wetteraussichten sind übrigens gut. Wenn Sie irgendetwas brauchen, klingeln Sie bitte."

Ich bekam einen hasserfüllten Blick zugeworfen. Klingeln konnte sie natürlich nicht, weil sie festgeklebt war. Ich ging um das Haus zur Terrasse. Heinen erwartete mich schon.

„Wir können Sie nicht da kleben lassen", sagte er. „Ich habe mit den Anwälten telefoniert. Wenn ihr irgendetwas passiert, ist das unterlassene Hilfeleistung. Ich werde die Polizei rufen. Weißt du eigentlich, womit sich diese Klimaktivisten festkleben?"

„Ja. Mit Sekundenkleber."

„Und wie bekommt man den wieder los?"

„Mit einer Mischung aus Speiseöl und Aceton. Die Polizei ist inzwischen darauf spezialisiert. Die rücken mit diesem Gemisch an, haben auch Spachtel, Pinsel und Kanülen ohne Injektionsnadel dabei. Dauert etwa eine Viertelstunde, bis der Klebstoff sich gelöst hat. Der Notarzt rückt übrigens auch an. Vorsorglich, falls irgendeine Verletzung passiert."

„Was für ein Theater!" meinte Heinen.

„Ja", bestätigte ich. „Ich guck mir das vom Fenster aus an. Dabei sein will ich nicht, wenn die Dame frei kommt. Die kratzt mir sonst die Augen aus. Sie will mich übrigens wegen einer angeblich sexistischen Beleidigung anzeigen."

„Was hast du denn gesagt?"

„Sie sollte lieber einen Mann glücklich machen, statt sich an die Tür zu kleben."

„Typisch HPF", bemerkte Heinen. „Natürlich redest du dich damit heraus, dass sie etwas Leckeres kochen könnte für ihren Freund oder Mann."

„Zum Beispiel. Wäre ja auch sinnvoller als sich auf Straßen und an Türen festzukleben. Ich bin erschrocken über so viel Dummheit und Unwissen. Dieses Szenario haben wir letztlich den Grünen zu verdanken und ihrer Panikmache. Übrigens arbeitet die ‚Letzte Generation' auch mit falschen Bildern im Netz. Sie machen Aufnahmen von der Sahara und sagen: ‚Das ist Italien.'"

„Woher weißt du, dass es in Wirklichkeit die Sahara ist?"

„Vergrößert man eins der Fotos, sieht man im Hintergrund einen Beduinen auf einem Kamel."

13

Die Welt war im Mai um weitere Tollhaus-Nuancen bereichert worden. Der amerikanische Präsident stellte der Ukraine Kampfjets in Aussicht. Moskau drohte mit einem Atomschlag. Im grünen Wirtschafts- und Klimaministerium wurden die Verfilzungen deutlicher. Die Berater des Ministers waren an Firmenfonds beteiligt. Dass sie ihre Empfehlungen zum Nutzen des eigenen Kontos abgeben würden, durfte man unterstellen. Gegen den für Umwelt- und Energiepolitik zuständigen Staatssekretär wurden bei seiner Doktorarbeit Plagiatsvorwürfe erhoben. Es war derjenige, der seiner Schwester Förderungsgelder zukommen lassen wollte. Die Verfilzungen und das Motto

‚den Staat zur Beute machen' wurden deutlicher.

Die grüne Bundestagsvizepräsidentin beklagte, dass es keinen Klimakanzler gäbe, der sich für die neuen Heizungsgesetze und Wärmepumpen stark mache. Dass die deutsche Außenministerin zusammen mit ihrer Visagistin nach Brasilien fliegen wollte, um für Deutschland Pflegekräfte anzuwerben, dagegen war zunächst nichts zu sagen. Nur: Hoffentlich versuchte sie nicht den Präsidenten Lula umzustimmen. Der war nämlich gegen Waffenlieferungen und setzte auf Friedensverhandlungen. Lula war einer der wenigen vernünftigen Köpfe in der Welt. Heinen kommentierte die Brasilienreise mit: „Schön! Lasst Brasilianerinnen in das Land. Hoffentlich bringen sie auch ihre Sambatruppen mit."

Am 21. Mai, einem Sonntag, achtete ich auf die Empfehlung des Wirtschafts- und Kliimaschutzministers und fuhr statt zu fliegen mit dem Zug nach Amsterdam. In Flughafennähe übernachtete ich im Ibis-Budget. Der Flug nach Bogotá und Cartagena sollte um 9.50 Uhr am Montagmorgen starten. Reisedauer etwa

14 Stunden. Nach dem Zwischenstopp in Bogotá sollte die Maschine um 13.50 in Cartagena landen. Kolumbien lag zeitlich um sieben Stunden zurück.

Verglichen mit den früheren liberalen Zeiten war Fliegen anstrengend geworden. Das begann schon bei den ganzen Prozeduren im Flughafen. Check-In, Sicherheitskontrolle, biometrische Vermessung des Passfotos. Wehe, man guckte nicht wie vorgeschrieben in den Bildschirm. Lachen war verboten. Da kam der Computer nicht mit klar. Und dann das Fliegen selbst. Früher war die Maschine noch im Steigflug, da schob die Stewardess schon das Cognacwägelchen durch den Gang und man konnte sich eine Zigarette anzünden. Diese Zeiten waren vorbei. Statt dessen wurde man befremdet angeguckt, wenn man sich auf einem langen Flug ein zweites Döschen Bier bestellte. Die Welt war von einem Gesundheits- und Sicherheitsfimmel angesteckt. Demnächst, dachte ich, werden die Menschen noch geklont, damit das Risiko eines Infarktes beim Vögeln ausgeschaltet wird. Eine Helmpflicht für Fußgänger könnte tatsächlich noch kommen. Von oben kann immer etwas herunterfallen. Ich war gespannt, ob die Kolumbianer auch so rumspinnen würden.

14

Nach fast 14 Stunden eines ruhigen Fluges ohne Turbulenzen und nach einem Zwischenstopp in Bogotá landete die Maschine in Cartagena de Indias. Es war Nachmittag. Der Flughafen von Cartagena de Indias gehört zu den angenehmsten der Welt. Man verlässt den Flieger über eine Treppe, wird von der warmen Brise der Karibik umschmeichelt. Bei der Passkontrolle bekam ich einen Stempel, der mir den Aufenthalt für drei Monate erlaubte. Diese drei Monate waren um weitere drei verlängerbar und Kolumbien gehörte nicht zu den hirnrissigen Staaten, die einen Ausländer nach drei Monaten rauswarfen und die Rückkehr erst nach 90 oder gar 180 Tagen erlaubten. Man konnte Kolumbien verlassen und sofort wieder einreisen. Im Gegensatz etwa zu den europäischen Schengen-Staaten hatten sich die Kolumbianer die Freizügigkeit früherer Zeiten bewahrt. Ich wechselte Geld im Flughafen und wurde sogleich zum Millionär. Für 200 Euro bekam ich eine Million Pesos. Ich gewöhnte mich rasch an den Umgang mit den großen Zahlen und lernte wieder das Dividieren. Den Pesobetrag durch 5000 teilen. So war etwa bei dem 50 000 Peso-Schein eine 50 aufgedruckt. Dahinter stand das Wort ‚Mille'. 50 000 Pesos entsprachen also 10 Euro.

Mit einem der gelben Taxis ging es für nur 15 000 Pesos vom Flughafen zu der Unterkunft, die ich von Deutschland aus gebucht hatte. Ich musste daran denken, dass in Deutschland das Taxometer schon beim Start des Taxis einen höheren Betrag anzeigte.

Das ‚La Terraza de Estella' war eine vorzügliche Wahl. Die freundliche von einem Franzosen und seiner kolumbianischen Frau geführte Pension lag im Stadtteil Bruselas, hatte preiswerte, saubere Zimmer, eine Gemeinschaftsküche und hoch oben im Haus eine von Hibiskus und Bougainvilla gesäumte Terrasse, von der aus man einen grandiosen Ausblick auf Cartagena hatte. Im Westen sah man die Skyline von Bocagrande mit den Wolkenkratzern, die wie schlanke Bleistifte hochragten, im Norden ein auf einem

Hügel gelegenes Kloster und auf der östlichen Seite schwebten fast im Fünfminutentakt die Maschinen der verschiedenen Airlines ein. Avianca, Latam, Spirit, Winge, KLM und andere. Auf der östlichen Seite lag auch ein belebter Park, in dem schon morgens um halb Sechs zu fetziger Musik Sport betrieben wurde. Man konnte auf der Terrasse an Tischen sitzen, in Hänge-matten schaukeln, in einem Jakuzzi sitzen und sich am großen Kühlschrank bedienen, der immer zuverlässig mit Wasser, Cola, Limonade und eiskaltem Aguilabier gefüllt war. Das La Terraza war auch ein internationaler Treffpunkt. Kolumbianer, Chilenen, Brasilianer, Venezolaner, Franzosen, Deutsche.

Überhaupt die Musik: Immer tönte sie von den Straßen her aus irgendeinem Lautsprecher, an den Wochenenden bis tief in die Nacht, was mich indes überhaupt nicht störte. Nach der stillen Zeit in dem stillen Ort empfand ich es als Ausdruck purer Lebensfreude.

Bei dem Straßenverkehr musste ich an die Autoscooter auf der Kirmes denken. So eng ging es zu. Nur mit dem Unterschied, dass ich in der ganzen kolumbianischen

Zeit keinen einzigen Unfall gesehen habe. Da wurde geschickt der letzte Zentimeter austariert. Motorradtaxis flitzten zwischen Pkw's, Bussen, und Trucks, ab und zu galoppierte ein von einem Pferdchen gezogener Karren am Rand entlang oder ein mit Mangos und Papayas beladenes Gefährt wurde den Straßenrand entlang geschoben. Man müsste, dachte ich, der Belegschaft eines deutschen Ordnungsamtes einen Lehrgang hier verschreiben, damit sie sehen, wie schön das straflos geregelte Chaos sein kann. Mit einer gewissen Belustigung erinnerte ich mich auch daran, wie deutsche Ordnungsämter Bußgelder verhängten, wenn eine Hausnummer nicht vorschriftsmäßig nach Größe, Farbe, Material und Beleuchtung war. Allein dieses Detail, die Hausnummer im Gesetz, zeigt schon, wie idiotisch und der Vielfältigkeit des Lebens abgewandt die deutsche Ordnungsbesessenheit sein kann. Lernt von der kolumbianischen Freundlichkeit, Hilfsbereitschaft, Gelassenheit, Buntheit, Lebensfreude, Vielfalt und bemalt eure Flugzeuge nicht mit dem lächerlichen Spruch ‚Diversity wins'! So war es Anfang 2023 nach der WM in Katar geschehen. Da war die deutsche

Mannschaft schon in der Vorrunde ausgeschieden und mit einer so beschrifteten Lufthansa-Maschine heimgeflogen. An Peinlichkeit kaum zu überbieten hatte sich die deutsche Innenministerin für die Mannschaft verantwortlich erklärt und sich mit einem Protestband neben den gastgebenden Scheich gesetzt.

15

Ich gewöhnte mich rasch an das bunte, quirlige Leben Cartagenas, hatte bald auch eine feste Tagesstruktur. Gegen Zehn ging ich zu einer nahen Bäckerei, trank dort an einem der draußen stehenden Tische einen Kaffee für nur umgerechnet dreißig Cent, wanderte gegen Mittag zu einem Kiosk, wo sich die Motorradtaxis versammelten, genoß dort an einem der Tische sitzend für vierzig Cent das erste Bier des Tages, ein Aguila oder Club Colombia, rauchte, woran sich niemand störte, eine Zigarette. Die Packung Marlboro kostete nur ein Drittel des deutschen Preises und nach dem Einkauf in einem kleinen, nahegelegenen Supermarkt war mir klar, dass es auch die niedrigen Kosten für die Lebenshaltung sein mussten, die Kolumbien bei deutschen Rentnern zunehmend beliebt machten. Wer in Deutschland eine magere, kaum reichende Rente bezog, hatte hier auf einmal die drei- oder sogar vierfache Kaufkraft. Ebenso war es auch mit den Mieten. Ein kleines, einfaches Häuschen mit drei Zimmern und einer Terrasse bekam man inklusive der Nebenkosten schon für 150 Euro. Hinzu kam, dass man mit dem deutschen Winter nichts mehr zu tun hatte und als Hausbesitzer vor allem auch nichts mit Wärmepumpen. Das ganze Jahr über gab es warme bis heiße karibische Temperaturen. Ich bewunderte auch die schönen Frauen in ihren langen Kleidern. Mit wiegendem Gang in den Hüften spazierten sie an mir vorbei. Gäbe es in einem Land einen femininen Faktor, so war der hier in Kolumbien besonders hoch.

Nach dem Bier am Kiosk stellte ich mich an den Straßenrand und es dauerte kaum eine Minute, bis eins der kleinen gelben Taxis kam und mich für umgerechnet drei Euro zum mehrere Kilometer entfernten Centro Historico brachte, wo ich stets am Uhrturm ausstieg, durch einen Torbogen der Festungsmauer ging und durch die Gassen mit den Häusern im spanischen Kolonialstil spazierte. Auch hier ein buntes, quirliges Treiben. Läden, Restaurants, Essensstände. Von den Balkonen der Häuser hingen Blumengirlanden. Es war alles so ganz anders als in dem stillen Ort meiner deutschen Heimat. Es war, als wechsle man von einem getragenen Trauermarsch in einen flotten Reggae.

Bald hatte ich auch keine Scheu, mich in das quirlige Getümmel des Mercado de Basurto zu stürzen, in den völlig unübersichtlichen Markt mit seinen engen Gassen, den dicht an dicht sich drängenden Ständen und den lärmenden Händlern. Von den Warnungen des Auswärtigen Amtes merkte ich nichts. „Wehren Sie sich nicht bei einem Überfall!" Allerdings lief ich auch nicht mit Goldkettchen und Rolex-Uhr herum und hatte meine knappe Barschaft unauffällig in einer versteckten Innentasche des Hemdes. Mehr als einen blauvioletten 50 Mill-Peso-Schein mit dem Porträt von Gabriel García Márquez und ein paar 2 Mill-Peso, 5 Mill-Peso und 10

Mill-Peso Banknoten führte ich nicht mit mir. Der 5 Mill-Peso-Schein war übrigens auch poetisch, zeigte das Konterfei des kolumbianischen Dichters José Asunción Silva. Er hatte ein merkwürdiges Schicksal gehabt. Eine Pechsträhne nach der anderen. Nach einem zunächst komfortablen Leben versank er in Schulden, verlor bei einem Schiffbruch den Hauptteil seiner Manuskripte und ließ sich schließlich mit 32 Jahren von einem Arzt die Position des Herzens auf seinem Hemd markieren, so dass er sich gezielt erschießen konnte. Auf der Rückseite des 5 Mill-Peso-Scheins war eins seiner Gedichte in kleinster Schrift abgedruckt. ‚Melancolía'.

„De todo lo velado, lejana y misteriosa surge vaga melancolía que del ideal al cielo nos conduce." – Von allem Verschleierten, fern und geheimnisvoll, entsteht eine schattenhafte Melancholie, die uns vom Ideal zum Himmel führt.

He mirado reflejos de ese cielo en la brillante lumbre con que ahuyenta las sombras, la mirada de sus ojos azules. - Ich habe mir die Spiegelungen dieses Himmels angesehen im hellen Licht, mit dem es die

Schatten vertreibt, mit dem Blick seiner blauen Augen.

Am späten Nachmittag saß ich oben auf der Terrasse des Hostals, hatte den Laptop vor mir, lektorierte, wie es meine Aufgabe war, die Online-Ausgabe des Wochenblatts. Am redaktionellen Leben konnte ich auch von Kolumbien aus teilnehmen. Also Homeoffice sozusagen, egal wo auf der Welt. Auch die Nachrichten aus Deutschland konnte ich lesen bzw. die Tagesschau gucken. Das Treiben der Klimaaktivisten ging weiter. Sie taten so, als würde die Welt bald am Kohlendioxid zugrunde gehen und sie seien wirklich die letzte Generation, die man noch auf der Erde antreffen würde. Von dem ganzen Klimahype und der Umwelthysterie war in Kolumbien nichts zu spüren. Hier käme niemand auf die Idee, den Verkehr auf Elektroautos umzustellen. In einem irren Verkehrsstrom von klapprigen und neuen Autos und den Motorrädern dazwischen wurden fleißig Benzin und Diesel verbrannt. In vielen Metropolen der Welt würde es genauso zugehen, so dass das deutsche Bemühen und die sich selbst zugeschriebene Vorbildfunktion lächerlich wirkten. Würde das mit dem Kohlendioxid als Treibhausgas wirklich stimmen, so war die deutsche Strampelei noch nicht einmal der berühmte Tropfen auf den heißen Stein. Mit Klaus Peter Heinen telefonierte ich ab und zu. Als er mich beim ersten Telefonat fragte: „Wie gefällt es dir in Cartagena?" antwortete ich nur: „Ist schön hier. Danke für die Reise."

Am fünften Tag fragte er: „Hast du schon mit einem der ausgewanderten Rentner gesprochen?"

„Nein, mache ich Morgen. Ich muss mich erst selbst einleben, Eindrücke gewinnen."

Am sechsten Tag endlich machte ich mich mit einem Taxi auf den Weg Richtung Flughafen und noch ein Stückchen weiter, wo es Mangrovenwälder und lange Strände gab. Hier wohnte in Manzanillo del Mar Anton Weißgerber, der vor zwei Jahren ausgewandert war. Ich hatte mich telefonisch bei ihm angekündigt.

16

Weißgerber wartete schon am Gartentor, schüttelte mir die Hand, begrüßte mich mit den Worten: „Wie schön! Besuch aus der Heimat." Durch einen mit Mangobäumen und Bananenstauden bestandenen Garten, in dem Hühner frei herumliefen, führte er mich zu einer Indiohütte aus Lehm und mit einem Palmstrohdach. Die überdachte Terrasse war von rot blühendem Hibiskus umgeben. Ein Bambustisch und Bambusstühle standen dort. Eine Hängematte war zwischen zwei Pfosten aufgehängt. Vom Dach hing ein Autoreifen, auf dem ein rotblauer Ara saß und mir entgegenkrähte: „Bienvenido, Bienvenido!"

„Das ist Pedro", sagte Anton Weißgerber. „Er ist zahm, kann frei fliegen und kommt immer wieder zurück, weil er weiß, wo er seine Erdnüsse bekommt. Etwas Spanisch kann er auch. Manchmal sind nicht druckreife Ausdrücke dabei. Machen Sie sich nichts daraus, wenn er ab und zu dazwischenruft ‚garchar, garchar!' oder ‚santa mierda!' Er denkt sich nichts dabei. Hat er einfach so aufgeschnappt. Sie sprechen Spanisch?"

„Ja, leidlich. Nein, eigentlich klappt die Verständigung mit den Kolumbianern schon ganz gut. Lehrbuch und Cds waren hilfreich."

„Kaffee oder ein Bier?" fragte mich Weißgerber.

„Erst einmal einen Kaffee", antwortete ich. „Rauchen darf ich hier?"

„Aber ja. Wenn Sie wollen, auch Cannabis. Hanf haben wir hier im Garten. Der Anbau ist in Kolumbien erlaubt."

Ich setzte mich auf einen der Bambusstühle. Weißgerber ging in die Hütte. Ich hörte ihn rufen: „Luz, nuestro invitado está aquí. Por favor café."

Er kam wieder zu mir, setzte sich an den Tisch. Kurz darauf kam eine recht hübsche, noch junge Mulattin mit einem Tablett, begrüßte mich, „Bienvenido a nuestra cabaña!", servierte Kaffee.

„Das ist Luz, meine Frau", sagte Weißgerber, als er meinen erstaunten Blick bemerkte. „Wundern Sie sich bitte nicht über den Altersunterschied. Da macht sich hier keiner Gedanken drüber. Das funktioniert einfach. Sie ist 32, ich bin 68. Harmoniert wunderbar. Kein Problem."

Die Mulattin verschwand wieder in der Hütte, wollte die Männer offensichtlich allein lassen.

„Ja", meinte Weißgerber, „Sie wollen sicherlich wissen, wie und warum ich nach Kolumbien gekommen bin. Ist eine lange Geschichte."

„Fangen Sie an!" forderte ich ihn auf. „Ich höre zu."

„Sie beginnt eigentlich, als ich 56 war. Ich habe als Busfahrer gearbeitet, nicht schlecht verdient. Aber dann kamen mehrere Bandscheibenvorfälle. Ich wurde Frührentner. Bis dahin kamen meine Frau und ich gut mit dem Geld klar. Wir hatten unser Häuschen, den Garten. In Rech an der Ahr. Sie kennen den Ort?"

„Ja, sicher. Ist nicht weit von Ahrweiler. Der Ort mit dem Nepomuk auf der Brücke."

„Ja, der war mal da. Jetzt nicht mehr. Also, die Änne, meine Frau, war eigentlich ganz in Ordnung, nur ein wenig luxusverwöhnt, wenn ich das mal so sagen darf. Gearbeitet hat sie nicht, das heißt, sie hat sich um Haus und Garten gekümmert. Mit der frühen Verrentung wurde das Geld knapp. 820 Euro im Monat. Von wegen, Urlaub machen in Italien, Spanien oder Griechenland. Das ging nicht mehr. Und dann hat sie, da war ich 62, diesen reichen Schnösel aus Bad Neuenahr kennengelernt. Der hat sie zu einer Kreuzfahrt in die Karibik eingeladen. Weg war sie. Nach zwei Jahren haben wir uns bei der Scheidung wiedergesehen. Ich schlug mich alleine mehr schlecht als recht durch, durfte großzügigerweise das Häuschen behalten. Und dann kam der Juli 2021. Die Flut hat mich im Schlaf überrascht. Ich konnte gerade noch in die obere Etage und von dort auf das Dach. Ringsum nur gurgelndes Wasser. Am Morgen kam Gott sei Dank der Hubschrauber und hat mich runtergeholt. Sie werden ja die Ereignisse kennen. Als die Flut dann zurückgegangen war, hatte ich ein ruiniertes, verschlammtes Haus. Da war von den Möbeln und den Geräten nichts mehr zu gebrauchen. Der Tank der Ölheizung war fortgeschwemmt. Ebenso das Auto. Weg, verschwunden. Ich habe mich notdürftig in einem der Zimmer eingerichtet. Mit ein paar Spenden, Matratze, Campingkocher und so weiter. Habe, so weit ich dazu fähig war, mit dem Aufräumen begonnen. Die Hilfen, die uns von der Regierung zugesagt waren, haben wir übrigens nie gesehen. Hilfreich waren die privaten Spenden und Initiativen. Besonders die Leute vom THW haben geholfen. Na ja, nach zwei Monaten hatte ich mich halbwegs wieder in einem Zimmer eingerichtet. Aber wie sollte ich ohne Heizung durch den Winter kommen? Und noch ohne Strom und fließendes Wasser. Hotel konnte ich mir nicht leisten, bin aber bei einem Freund in Bad Neuenahr untergekommen. 66 Jahre war ich alt, wenig Geld im Rücken, alleine, ohne Frau."

17

„In Bad Neuenahr, das konnte nur eine Übergangslösung sein. Der Freund lebte mit seiner Frau in einer Dreizimmerwohnung. Ein Zimmer hatten sie mir zur Verfügung gestellt. Konnte ich mir mit 820 Euro im Monat eine eigene Wohnung leisten? Kaum. Was ist das für ein Leben? dachte ich. Du musst jeden Euro zweimal umdrehen, bevor du ihn ausgibst. Was machst du in diesem Land noch? Dann verschärfte sich im Winter die Corona-Krise wieder. Wer sich nicht boostern lässt, stirbt. So ungefähr wurde einem ja Angst gemacht. Und als ich dann, weil ich nicht geboostert war, an einem der Tage eine Kneipe besuchen wollte und nicht hereingelassen wurde, war für mich das Maß voll. Ich recherchierte im Internet, wo in aller Welt man mit meiner Rente gut leben konnte und stieß eben auf das wirtschaftlich aufstrebende Kolumbien. Mir gefiel auch, dass sie neben der pazifischen eine karibische Küste haben, wo es das ganze Jahr über warm ist. Auch war es eins der wenigen Länder, die eine liberale Einreiseregelung haben. Drei Monate Aufenthalt werden um weitere drei Monate verlängert. Dann fährt man kurz über die Grenze, nach Venezuela oder Ecuador und kann sofort wieder rein in das Land. Außerdem reichte hier meine Rente, um einen Antrag auf dauerhaften Aufenthalt zu stellen. Probier es aus, sagte ich mir. Zu verlieren hast du nichts mehr. Ich begann Spanisch zu lernen, verkaufte Grundstück und ein ziemlich ruiniertes Haus weit unter Wert, für 12 000 Euro, packte einen Koffer und flog von Frankfurt nach Bogotá und dann nach Cartagena. Im Stadtteil San Bernardo fand ich ein sehr schönes Hostal, sauber, freundlich, preiswert, 8 Euro die Nacht, und beschloss, erst einmal eine Weile in Cartagena zu bleiben, das Leben in Kolumbien kennenzulernen. Ich empfand die Kolumbianer als sehr freundlich, hilfsbereit und vor allem begegnete mir hier nicht die deutsche Regulationswut. Ach ja, ich hatte schon einkalkuliert, nicht mehr nach Deutschland zurückzukehren, hatte auch überlegt, warum nicht noch einmal heiraten. Lass dir diese Option offen. Wer weiß!? Ich hatte alle notwendigen Dokumente mitgebracht. Geburtsurkunde, polizeiliches Führungs-zeugnis, Scheidungsurteil vom Amts-gericht, Rentenbescheinigung, Nachweis der Krankenversicherung. Einige Dokumente wie verlangt auch mit Apostille. Ja, das war gut so. Sie werden es ja sicher schon bemerkt haben. Die Kolumbianerinnen sind sexy, frisch und knnackig, einfach schöne, temperament-volle Frauen. Hier hast selbst du in deinem Alter, dachte ich, noch einmal die Chance, eine süße Maus im Bett zu haben."

Hier hielt Weißgerber in seiner Erzählung inne, fasste sich mit der Hand an die Stirn, sagte: „Um Gottes Willen! Schreiben Sie das bloß nicht so, wie ich es gesagt habe. Was sollen ihre Leser denken!?"

„Keine Sorge!" beruhigte ich ihn. „Ich schreibe ganz seriös, werde formulieren, dass Sie in einer angenehmen, harmonischen Ehe leben. Soll sich doch jeder selbst vorstellen, was und wie das ist. Davon abgesehen kämen Ihre Worte höchstens bei den Leserinnen nicht gut an. Die deutschen Männer würden schmunzeln und nicht wenige sich überlegen, selber auszuwandern. Außerdem, bevor wir die Reportage veröffentlichen, dürfen Sie die gegenlesen und Korrekturen und Erweiterungen einbringen. Das machen wir bei unserer Zeitung immer so. Ist einfach ein Gebot der Fairness. Aber bleiben wir jetzt einmal bei diesem Thema. In Deutschland hätten Sie sich diese Chancen nicht aus-gerechnet?"

Weißgerber sah mich mitleidig an. „Wie denn?" meinte er. „Mit meiner Rente, meinem Alter? Ich habe es ja versucht, war in einer Dating-Plattform, ‚Lebensfreunde' heißt die. Da bekommt man ja schon das Gruseln, wenn man all die Erwartungen liest, die von den Frauen an den Mann gestellt werden. Mit beiden Beinen im

Leben stehen, finanziell unabhängig sein, romantisch und sachlich zugleich, Nichtraucher, Nichttrinker, am besten noch überzeugt vegan oder zumindest vegetarisch und so weiter. Ein paar Dates hatte ich. Aber die sind gründlich schief gegangen. Schon die erste Frau, 65 Jahre alt, fragte mich, ob ich ein Auto hätte und was für eins. ‚Ich habe kein Auto', sagte ich. ‚Wie?" meinte sie. ‚Kein Auto? Gibt es das noch?' – ‚Ja, das gibt es. Ich bin Flutopfer.' Dann wurde ich nach meiner Rente gefragt. Wie ich finanziell so zurechtkäme. Ab dem Punkt war Feierabend. Das gewisse Kribbeln im Bauch war bei mir auch völlig ausgeblieben. Von dieser Art hatte ich drei Dates. Danach keins mehr."

18

Luz, Weißgerbers Frau, musste uns ab und zu vom Fenster aus beobachtet haben, wie ihr Mann eifrig erzählte. Sie erschien jetzt mit einer Schüssel kleingeschnittener Mango- und Papayastücke und zwei Gabeln, setzte die Schüssel mit einem Lächeln auf den Tisch, sagte: „Para su refrigerio." – Für eure Erfrischung. Dann ging sie mit wiegenden Hüften zurück in die Hütte. Ich sah ihr versonnen nach und dachte: „Der Mann hat völlig recht gehabt, den Koffer zu packen."

„Wie haben Sie Ihre Frau eigentlich kennengelernt?" fragte ich.

„Zuerst Zufall, dann Absicht. Ich saß eines Morgens auf dem straßenwärts liegenden kleinen Balkon meines Zimmers, überlegte gerade, in die Gemeinschaftsküche des Hostals zu gehen, um mir einen Kaffee zu bereiten, da hörte ich unten auf der Straße die Rufe: „Café, café, café caliente!" Dazu wurde eine Glocke geläutet. Ich sah eine Frau einen Karren vor sich herschieben. Darauf waren lauter Thermoskannen und ein paar Stapel Becher. Probier das mal aus, dachte ich, ging runter und bestellte mir einen Becher mit Kaffee. Sie lächelte mich freundlich an, goß Kaffee in einen Pappbecher, gab ihn mir. Ich zahlte mit einer 1000-Peso-Münze, also umgerechnet 20 Cent. Für so einen Preis dürfen Sie sich in Deutschland noch nicht einmal Zucker in die Tasse tun. Nun, sie erschien jeden Morgen so gegen sieben Uhr, ich wurde ihr verlässlicher Stammkunde. Wir kamen länger ins Gespräch. Sie wollte natürlich wissen, woher ich kam, wie lange ich bleiben würde. Bei dem Wort ‚Alemania' kam ein Leuchten in ihre Augen, so als käme ich aus dem Schlaraffenland. Sie muss mich für sehr reich gehalten haben. Denn wer so weit fliegen kann, muss ein dickes Portemonnaie haben. Im Laufe der Tage wurden die Unterhaltungen etwas länger. Ich merkte, dass ich ihr durchaus sympathisch war und sie ein Interesse hatte, mich näher kennenzulernen. Und so sagte ich an einem Morgen zu ihr, das war nach gut einer Woche: „Haben Sie Lust, mich in den ‚Club Havana' zu begleiten. Alleine will ich da nicht hin." Der ‚Club Havana' ist etwas Weltbekanntes. Viele Schauspieler, Dichter, Maler, Musiker waren schon dort. Ihre Fotos hängen an den Wänden. Es gibt Livemusik von einer Band. Man kann tanzen. Der Eintritt ist allerdings nicht billig. 30 000 Pesos. Dafür müsste sie ein oder zwei Tage den Karren schieben. Ich rechnete bei meinem Anliegen eigentlich mit einer Absage. Vor allem wusste ich ja auch nicht, ob sie verheiratet war oder einen Freund hatte, der ihr diese Begleitung verbieten würde.

Aber sie lächelte mich erfreut an, sagte: „Sí mucho. Cuando?"

„Heute Abend?"

„Sí!"

Ich fasste meinen Mut zusammen, fragte, ob ich nicht zu alt für sie sei. Welche Tochter geht schon mit ihrem Vater tanzen!? Aber sie schüttelte den Kopf, lachte und antwortete: „La edad no importa en absoluto!" – Das Alter ist doch völlig egal. „Me gusta ir contigo!" – Ich gehe gerne mit Ihnen.

Am Abend kam sie dann zu dem Hostal. Ich erwartete sie vom Balkon aus. Sie sah hinreißend aus, trug ein langes sonnengelbes Kleid, hatte Ohrringe angelegt, eine Muschelkette um den Hals. Ich eilte nach unten. Wir begrüßten uns, mit einer Umarmung übrigens, wobei ich einen sehr sinnlichen Duft nach Jasmin wahrnahm. Wir stiegen in eins der vorbeikommenden Taxis, fuhren nach Getsemani, wo sich der ‚Club Havana' befindet. Nun, hier tranken wir an der Theke ein paar Roncitos, den kolumbianischen Rum, tanzten dann Salsa und Reggae. Danach brachte ich sie mit dem Taxi zu ihrer Wohnung in einem etwas heruntergekommenen Mietshaus im

Stadtteil San Bernardo. Wir verabredeten uns auch für den nächsten Abend. Im Laufe der Zeit erfuhr ich dann auch ihre Lebensumstände. Sie hatte sich gerade von ihrem Freund getrennt, weil der fremdgegangen war. Das dürfen Sie übrigens", meinte er zu mir, „bei einer Kolumbianerin nicht machen. Es sind stolze Frauen und in so einem Fall können Sie gar nicht so schnell laufen wie die schießen oder zum Messer greifen. Bestenfalls kommen Sie mit einem blauen Auge davon."

19

„Und dann haben Sie irgendwann geheiratet?" kürzte ich weitere Erzählungen ab.

„Irgendwann? Das ging ziemlich rasch. Ich merkte ja, was das für eine Plackerei war, den Kaffeekarren in der Hitze durch die Straßen zu schieben. Und ein paar Mal hatte ich sie auch in ihrem bescheidenen Zimmer besucht. Sie zahlte umgerechnet fünfzig Euro im Monat an Miete inklusive Nebenkosten dafür, also 250 000 Pesos. Allein dafür müsste sie 250 Kaffeebecher verkaufen, ohne jetzt den Kauf von Kaffee und Bechern zu berechnen. Für einen Europäer sind 50 Euro an Miete natürlich nicht viel. Hier in Kolumbien haben sie übrigens ein sehr soziales System, was Mietkosten betrifft. Das geht nach der Einordnung in Klassen. Geht von Unterklasse, was in der untersten Kategorie wohnen in einer Favela bedeutet. Dann gibt es eine mittlere und eine obere Unterklasse. In der mittleren können Sie schon anständig wohnen. Weiter geht es über drei Stufen der mittleren Klasse bis hin zur Oberklasse, wo die Mieten dann entsprechend höher sind und die Wohnung oder das Haus größer und luxuriöser. Zunächst haben wir eine Woche zusammen gelebt, in dem kleinen Zimmer bei ihr. Ich merkte, dass sie nicht nur am Geld und sich ändernden Lebensumständen interessiert war, sondern mich wirklich gern hatte und so schlug ich vor zu heiraten und ein Grundstück mit einem kleinen Haus zu kaufen. Damit hatte ich auch meine Aufenthaltsgenehmigung. Luz kannte diese Gegend hier am Rande von Cartagena. Für 6000 Euro habe ich dieses Grundstück mit der Hütte, die stabil ist und auch starke Regengüsse übersteht, gekauft. Das Geld reichte dann noch für einen alten, gebrauchten Pick-Up, mit dem wir einkaufen fahren, und es reichte auch noch für ein kleines Boot, mit dem ich zum Fischen rausfahre. Was Früchte, Gemüse, Fische betrifft sind wir Selbstversorger. Die Eier kommen noch dazu. Die Hühner legen fleißig."

Weißgerber legte ein kleine Pause ein, fuhr sich mit der Hand über die schon grauen Haare, seufzte: „Ach ja, Deutschland, Bürokratie. Wissen Sie, ich wollte einmal in Rech im Garten einen Hühnerstall bauen, habe mich ein Jahr lang mit dem Bauamt angelegt und bekam dann schließlich den ablehnenden Bescheid. Ein Hühnerstall würde nicht in den Ort passen, und es gab auch hygienische Bedenken wegen einer gerade grassierenden Vogelgrippe. Hier in Kolumbien habe ich den Stall ohne irgendjemanden fragen zu müssen an einem Tag gebaut. Das können Sie ruhig so schreiben. Die deutsche Bürokratie ist verrückt. Die drangsalieren einen nur mit Vorschriften, berufen sich auf Para-graphen, die irgendein Idiot erfunden hat. Ich habe für unsere Hütte auch Fernseh-

und WLAN-Anschluss einrichten lassen, bekomme deutsche Nachrichten mit. Angenommen, ich hätte das Haus in Rech noch irgendwie renovieren können, müsste ich mir jetzt eine Wärmepumpe anschaffen. Die würde wahrscheinlich rumliegen, weil die Handwerker fehlen. Und auf die staatlich versprochenen Zuschüsse hätte ich lange zu warten. Kennen wir ja von der zugesagten Ahrtalhilfe. Dieses ganze grüne Gedönse kann einem ja nur auf den Keks gehen. Da wird der Bürger belastet mit absurden Gesetzen. Überhaupt wird er von einer Sorge zur nächsten getrieben, eine Krise löst die nächste ab. Und darüber schwebt immer die atomare Bedrohung. Da muss man als Bürger doch depressiv werden. Also, glauben Sie mir, ich bereue wirklich nicht, dass ich abgehauen bin. Und was meine Frau betrifft, können sie das wirklich von der harmonischen Ehe schreiben. So gut ist es mir noch nie in meinem Leben gegangen. Luz versorgt Haus und Garten, kocht excellent, ist sogar mein Chauffeur oder müsste ich sagen ‚Chauffeuse‘ oder ‚Chauffeurin‘? Ist hier auch egal. Den Zirkus mit dem Gendern kennen die hier nicht. Auf jeden Fall fährt sie. Mir ist der abenteuerliche Verkehr in Cartagena noch suspekt. In meinem Alter hat man es lieber gemütlich. Also, Luz führt hier auf jeden Fall das Regiment. Ich bin zwar der König, aber sie regiert, und ich fühle mich sauwohl dabei. Genug Leben haben wir auch hier. Oft kommen Freundinnen zu Besuch. Dann fahre ich mit dem Boot zum Fischen raus. Wenn Sie wollen, können Sie auch gerne hier übernachten. Ich zeige Ihnen Morgen die Mangrovenwälder. Wir gehen angeln und heute Abend gibt es kaltes Bier und ein paar Roncitos. Wenn es Ihnen nichts ausmacht, schlafen können Sie auf der Terrasse in der Hängematte. Sie müssten sich nur gegen die Moskitos einreiben."

„Ja, schön, gerne", antwortete ich. „Danke für die Einladung."

20

Am Abend musste ich an Heinens Abenteuer im brasilianischen Amazonien denken, an seine Worte „Der Himmel hatte ein zärtliches Blau." So empfand ich es auch in dem Garten mit der Indiohütte. Die Dämmerung war gekommen, der

Horizont leicht errötet mit Abstufungen eines goldfarbenen Gelb, und dann zeigte sich beim Dunklerwerden jenes samtene, transparent wirkende Blau mit den ersten aufflammenden, scheinbar schwebenden Sternen. Vom Meer her kam eine leichte, die Tageshitze abkühlende Brise. Luz hatte uns mit selbst zubereiteten Arepas versorgt, jenen Maisfladen, die aufgeschnitten und gefüllt werden mit allem, was gefällt. Mit Mozzarella, Rindfleisch, gegrilltem Gemüse oder mit Guacamole, einer mit Chili geschärften Sauce aus reifen Tomaten. Dazu gab es eiskaltes Aguila-Bier und auch das erste Glas Roncito, der mit Limettensaft angereichert war. Eine Weile hatte sie sich zu uns gesetzt, war neugierig auf den Gast aus Deutschland und ich konnte beim Smalltalk meine Spanischkenntnisse unter Beweis stellen. Dann tauchte am Gartentor ein Scheinwerferkegel auf. Eine Freundin war mit ihrem Motorrad gekommen, stellte es am Zaun ab, öffnete das Tor, kam zu uns an den Tisch. Einen Helm trug sie nicht beim Fahren, ließ die Rastalocken lieber frei wehen. Ich wurde ihr vorgestellt. Sie hieß Miriam. Nach kolumbianischer Art bekam ich eine herzliche Umarmung, schnupperte das Aroma von Sandelholz und musste an Silvas Gedicht ,Nocturnu' denken.

„Si en los locos, ardientes y profundos abrazos... oh dulce niña! Di, te resistirías?" – Wenn in den verrückten, brennenden und innigen Umarmungen... Oh, du süßes Mädchen! Sag: Würdest du widerstehen?

Als die beiden Frauen in die Hütte gegangen waren, aus der nun ein fröhliches und temperamentvolles Geschnatter und Lachen auf der Terrasse zu hören war, sagte Weißgerber – wir waren inzwischen zum ,Du' übergegangen:

„Falls du daran denkst, mit Miriam etwas anzufangen, schlag es dir aus dem Kopf. Sie ist glücklich verheiratet."

Er musste meine Gedanken erraten haben. Und auch Pedro, der Ara, war hochsensibel und hatte während meiner Unterhaltung mit Miriam immer wieder sein unverschämtes „chegar, chegar!" dazwischengekrächzt. Was mir peinlich war, worüber Miriam aber belustigt gelächelt hatte.

Um von dem leidigen Thema mit den Frauen abzulenken, fragte ich Weißgerber, ob er nicht manchmal die deutsche Heimat vermissen würde. Er hob die Schulter, legte die Stirn in Falten.

„Ja, manchmal schon", gab er zu. „Jetzt ist es zum Beispiel schön, wieder in der deutschen Sprache zu reden. Und die Ahrgegend mit den Weinbergen und diesem verteufelten Fluss steckt einem ja in den Genen. Aber was willst du mit einer mageren Rente groß anstellen? Mit dem Fahrrad herumfahren, alleine spazierengehen, abends vor dem Fernseher sitzen, miese Nachrichten anhören oder kitschige Familienfilme sehen, zornig werden, wenn man sieht, wie die mit den Milliarden um sich werfen. Für Förderprogramme zur Wärmedämmung, für Waffenlieferungen, Aufstockung der Bundeswehr und so weiter. Da kannst du nur den Verdacht haben, dass sie heimlich Geld drucken und damit die Bundesbank füllen. Soll ich mir von älteren Damen Erziehungsprogramme anhören? ‚Iss nicht so viel Spargel! Das ist ungesund!' Früher war das Leben lustiger, weniger reguliert, persönlicher. Heute digitalisieren sie alles. Du wirst das ja kennen. Beim Telefonieren mit deiner Bank oder irgendwelchen Behörden landest du nur noch in Warteschleifen und musst dir wie bei einem Leierkasten immer dieselbe Musik anhören. ‚Drücken Sie bei diesem Anliegen die Eins oder die Zwei und so weiter', heißt es. Einige Male ist es mir auch passiert, dass ich zur Identifikation mein Geburtsdatum angeben musste. „Das stimmt nicht", sagte der Computer. Da konnte ich wütend werden, habe geschimpft: ‚Wer muss es denn wissen?! Du oder ich?' Dann habe ich aufgelegt, ein Gespräch, das gar keins war, beendet. Früher traf man sich mit Freunden wenigstens noch in der Kneipe, konnte rauchen, Skatspielen. Das ist doch alles dahin, totreguliert. Ach, da könnte ich noch viele Beispiele nennen, mit der sie einem die Lebensfreude verleiden. Die Heimat vermissen? Nein. Hier ist das Leben freier, nicht so widersinnig reguliert. Hier wird auch keine russische Atombombe fallen. So eine Bedrohung schwebt in Europa ja immer über einem. Und dann dieses ganze Umwelttheater, als würde Morgen die Welt untergehen. An dieser Stelle übrigens ein Kompliment, dass ihr den verrückten Grünen so in die Parade fahrt. Lese ich gerne. Die Jugend mit den Klimaklebern wird ja zunehmend närrisch. Für die Flutkatastrophe an der Ahr machen sie die Erderwärmung verantwortlich. Dabei vergessen sie, dass es so etwas schon 1804 und 1910 gegeben hat."

„Ja", meinte ich. „Wir fahren dem grünen Verein und seinen fanatischen Anhängern gerne in die Parade und werben für die Vernunft in einer zunehmend unvernünftig werdenden Republik. Aber ob das hilft? Wer dumm ist, will leider auch nicht einsehen, dass er diese Eigenschaft hat."

21

Nach einigen Roncitos und Flaschen Aguila-Bier begab ich mich zu nächtlicher Stunde in die Hängematte, bekam nach einem versonnenen Blick in den Sternenhimmel mit, dass aus der Hütte immer noch fröhliches Geplauder kam. Das Fenster war offen. Der Duft von Cannabis zog zu mir. Die Mädels rauchten. Ich schlief ein, wurde wieder wach, als mich jemand schaukelte. Es war Miriam, die sich verabschieden wollte. Absurderweise sagte ich auf Italienisch zuerst „Tschau Bella!", dann auf Spanisch „Ola, niña, eres linda!" – Ach, Mädchen, bist du süß – küsste sie auf den Mund und spürte die sinnlichen Lippen. Sie lachte, erwiderte den Kuss, schob die Hängematte noch einmal an, eilte zu ihrem Motorrad und brauste davon. In Deutschland hätte ich mit einem Me-too-Verfahren rechnen müssen. Hier machte ich mir keine Sorgen. Ich schlief wieder ein, wurde erst im hellen Licht des Morgens wach, hörte, wie Luz in der Küche rumorte. Sie sang irgendein Lied dabei. Nach ein paar Minuten erschien sie mit einer Tasse Kaffee, sagte: „Buenos dias! Dormí bien?"

Mir brummte noch der Schädel. Ich nickte nur, rappelte mich aus der Matte. Kurz darauf erschien mit einem Becher Kaffee in der Hand auch Weißgerber. Er war offensichtlich trinkfester als ich, machte einen wachen, munteren Eindruck und sprach schon von der Tour durch den Mangrovenwald. Eine halbe Stunde später trottete ich hinter ihm her zu einer mit Mangroven bestandenen Lagune. Weiß-gerber hatte eine Tasche über die Schulter gehängt, sagte nur: „Picknick!"

Wir stiegen in einen wackligen Kahn mit flachem Boden. „Du musst dich genau in die Mitte setzen!" sagte er, „sonst kippen wir um." Er hatte sich mit einer langen Stange hinten ans Heck gestellt, stieß den Kahn vom Ufer ab. „Das Wasser ist sehr flach hier. Statt zu rudern, müssen wir uns so fortbewegen." Ich hielt mich mit den Händen an den Rändern des Kahns fest. Kleine, silbern glänzende Fischlein sprangen in munterem Reigen aus dem Wasser, tauchten wieder ein. Nicht weit von uns stand eine Kolonie von Fischreihern mit staksigen Beinen. Sie beäugten die Oberfläche der Lagune. Ab und zu schoss der spitze Schnabel in das dunkle Wasser. Nachdem wir die Lagune durchquert hatten, ging es in einen engen, mit Mangroven bestandenen Wasserarm. Die Mangroven bildeten hier ein Dach. Manchmal stieß der Kahn an Wurzeln. Mit einem kräftigen Stoß befreite Weißgerber das Boot.

„Die Mangroven sehen sehr stark und gesund aus", bemerkte ich. Ich dachte an den Song von ‚Herzlos'. „Mangroven gibt's schon bald nicht mehr, reich mir noch ne Flasche her."

„Da kann man mal sehen, wie die rumspinnen in Deutschland", bemerkte ich. „Die saufen dort für den Schutz der Mangroven und für den Regenwald. Mein Chef kennt übrigens Amazonien. Das ist ein riesiges Gebiet. Neun Länder sind am Amazonas beteiligt. Brasilien hat die größte Fläche. Er ist darüber geflogen. Ab und zu, aber recht selten sieht man eine Brandrodung. In Deutschland zeigen sie so eine Stelle immer wieder und tun so, als werde ganz Amazonien zunichte gemacht. So manipuliert man mit Bildern."

„Ja, ja", meinte Weißgerber. „Kenn' ich vom Ahrtal her. Da zeigen sie das einzige Weingut, das staatliche Hilfe bekommen hat und behaupten in der ‚Tagesschau' im ernsten Ton Gottes, bald sei die ganze Region saniert. Ich würde auch gerne mal wissen, was die wahren Gründe beim Ukraine-Krieg sind. Wie es dazu gekommen ist. Aber das erfahren wir nie. War übrigens ein langwieriger, büro-kratischer Akt von den Fernsehgebühren freizukommen. Nachweis hier, Nachweis da. Aber lassen wir das! Erfreuen wir uns lieber an der Natur."

Der Kahn stieß mit dem Bug an ein Geflecht von Mangrovenwurzeln, die sich wie Stelzen im Schlamm verhakten hatten. „Pause!" sagte Weißgerber, zog aus der Tasche eine Dose Bier, ‚Club Colombia', warf sie mir zu. „Ist das beste Mittel gegen Katerbekämpfung", meinte er.

Ich knackte die Dose, nahm einen ersten Schluck und hatte nun Zeit die Mangroven in Ruhe zu beobachten. Es sind Lebenskünstler, die dort wachsen, wo andere Pflanzen sterben würden. Nach einer Weile, als wir still dort lagen, turnten in den Baumkronen ein paar Affen an uns vorbei. Frösche tauchten auf und tauchten wieder unter. An manchen Wurzeln klebten Muscheln. Krabben kletterten dort herum. Da, wo der Grund etwas aus dem Wasser ragte, paddelten Schlammspringer, lugten mit ihren Quellaugen umher, verschwanden wieder. Ein paar Meter weiter stocherte ein Kormoran mit dem Schnabel im Schlamm, beachtete uns nicht, ließ sich nicht stören.

„Gibt es hier auch Krokodile und Anacondas?" fragte ich.

„Habe ich noch nicht gesehen", sagte Weißgerber. „Könnte aber sein. Salzwasserkrokodile gibt es. Und auch die Anaconda wird nicht nur im Amazonas leben. Aufpassen muss man hier schon. Ich habe nur einmal eine Nachtbaumnatter beobachtet. Die erkennst du an den gelben Querstreifen. Sie ist giftig. Du wirst sie aber selten sehen, da sie nachtaktiv ist. Du kannst in Ruhe dein Bier weitertrinken."

22

Gegen Mittag waren wir zurück. Luz wartete mit Ajiaco auf uns, servierte auf der Terrasse ein typisch kolumbianisches Gericht, eine herzhafte, scharf gewürzte Suppe mit Kartoffeln und Hühnchen. Nach dem Essen und nach einem Kaffee sah ich auf die Uhr, sagte: „Es wird Zeit. Ich will noch mit dem Verlag telefonieren. In Deutschland ist es jetzt schon neun Uhr am Abend. Aber Heinen ist mehr ein Nachtmensch. Das wird noch gehen. Unterwegs muss ich mir auch noch einen Adapter besorgen, meine Geräte wieder aufladen."

Meine rundpoligen Ladegeräte für Laptop und Smartphone passten nicht in die flachzüngigen kolumbianischen Steckdosen.

„Brauchst du nicht", meinte Weiß-gerber. „Wir haben mehrere davon. Ich gebe dir einen mit. Ich würde dich auch gerne fahren, geht heute aber nicht. Wegen des dichten Verkehrs in Cartagena ist für bestimmte Endziffern der Autonummer ein Ruhetag verordnet. Heute sind leider wir dran. Ich bestelle dir aber ein Taxi.

Hier in Strandnähe kommen sie selten vorbei."

Ich verabschiedete mich von den Beiden, dankte für die wunderbare Gastfreundschaft und versprach mit dem Artikel, den ich noch zu verfassen hätte, bald wiederzukommen.

„Dann fahren wir mit dem Boot aufs Meer zum Fischen", sagte Weißgerber. „Natürlich nicht mit dem flachen Einbaum für die Mangroven. Mit dem anderen, dem größeren. Das hat auch einen Motor."

Gegen Drei war ich zurück im Hostal, schloss oben auf der Terrasse das Ladegerät für das Handy an, wählte Heinens Nummer.

„Schön, dass du dich auch mal wieder meldest", begrüßte er mich. „Ich schließe daraus, dass es dir gut geht."

„Ja", bestätigte ich. „Komme gerade von Weißgerber. Das ist eine der Adressen, die du mir mitgegeben hast. Er wohnt in Strandnähe am Rand von Cartagena. Ich habe dort auch übernachtet. Ein sehr interessanter Fall. Ich denke, er ist exemplarisch, so dass ich mir Besuche bei den anderen sparen kann. Die Reportage wird nicht zu toppen sein. Also lieber nicht noch nach Barranquilla, Santa Marta und

Riohacha. Auch den Flug über Bogotá in die Kaffeezone nach Armenia kann ich mir schenken. Da werden keine neuen Motive für das Auswandern bei herumkommen. Das dürfte sich für unsere Leser nur wiederholen."

„Hmm", bemerkte Heinen. „Hat dich die karibische Hitze lethargisch gemacht? Welche Motive sind es denn?"

„Na ja, wie vermutet zuallerst finanzielle. Weißgerber bezieht in Deutschland nur eine schmale Rente. Die ist hier in Kolumbien aber das Vierfache wert. Dann gibt es auch erheblich weniger Regulationen und Vorschriften wie in Deutschland. Er kann freier leben."

Ich erzählte das Beispiel vom Bau des Hühnerstalls. „Den hat er hier an einem Tag gezimmert, ohne jemanden fragen zu müssen. Stall und Hühner stören niemanden. Und dann noch etwas. Er hat eine erheblich jüngere, recht attraktive Frau gefunden, meinte, in Deutschland wäre er vor Einsamkeit gestorben und so etwas wäre ihm dort nur begegnet, wenn er entweder Millionär oder sehr berühmt wäre. Am besten natürlich beides. Aber bei dieser Geschichte muss man natürlich abwarten, wie sich das weiter entwickelt.

Sieht aber gut aus. Er macht einen sehr zufriedenen Eindruck."

Am anderen Ende hörte ich Heinen schmunzeln. „Kann ich mir gut vorstellen", sagte er. „Also, mach zunächst einmal die Reportage. Dann überlegen wir, ob eventuell noch die Kaffeezone dazukommt. In Armenia gibt es nämlich eine richtige, deutsche Kolonie. Ähnlich wie im brasilianischen Blumenau. Wann bekomme ich den Beitrag?"

„Gib mir ein paar Tage Zeit. Ich muss ja noch einmal zu Weißgerber. Habe ihm versprochen, dass er die Reportage gegenlesen darf. Damit ist auch jeder Ärger ausgeschlossen."

Heinen war damit einverstanden. Gegen vier Uhr am Nachmittag verließ ich das Hostal, ging die paar hundert Meter zum Bäcker und dem Café vor dem Laden, setzte mich an einen der Tische, bestellte einen Kaffee und hatte kurz darauf eine der seltsamsten Begegnungen in Cartagena.

23

Die Bäckersfrau empfing mich immer mit einem freundlichen Lächeln und ich dachte: „Schade, dass sie ihren Laden nicht in dem stillen Ort in Deutschland hat." Sie war hübsch, etwa vierzig Jahre, aber leider verheiratet. Ihr Mann stand am Backofen und beäugte mich misstrauisch, wenn ich kam. Bis dahin hatte ich nur unselige Affären gehabt. Mit Feministinnen, die lieber diskutierten, statt sich sinnlichen Freuden hinzugeben. Mit Esoterikerinnen, die mir weismachen wollten, dass ihr Mops eine Wiederkehr ihres geliebten Onkels Arnold sei. Aber genau mein Umgang mit den Esoterikerinnen sollte nur ein paar Minuten später mein Unbehagen dämpfen.

Ich verrührte gerade einen Löffel Zucker im Kaffee, da näherte sich eine schon ältere Mulattin mit weißen Haaren und unzähligen Falten im Gesicht. Aber irgendwie war eine früher mal vorhandene Schönheit noch erahnbar. Sie trug ein langes Kleid in den kolumbianischen Nationalfarben. Gelb, blau, rot. Als sie mich erblickte, blieb sie stehen, holte aus einer Umhängetasche einen Stapel mit Karten, kam an meinen Tisch und sagte:

„Quieres saber tu futuro?" – Willst du deine Zukunft wissen?

Sie zeigte mir nun das erste Bild des Kartenstapels. Es waren Tarotkarten. Das Bild, das sie mir zeigte, war der Narr. Ich hatte mir manchmal von einer der Esoterikerinnen die Karten legen lassen. Nicht etwa, weil ich daran glaubte, sondern um ihnen nicht die Freude an ihrer Kunst zu verderben und sie gewähren zu lassen.

Ich fragte die Mulattin, wieviel der Blick in die Zukunft kosten würde. „20 000 Pesos", antwortete sie. Nun, das war nicht viel, umgerechnet vier Euro. Ich lud sie ein, mir gegenüber Platz zu nehmen, legte skeptisch und auch etwas amüsiert die Stirn in Falten, während sie mich aufmerksam ansah und die Karten mischte. Ich blickte genau auf ihre Hände, ob sie irgendwelche Tricks durchführte und auch wirklich richtig mischte. Ich bemerkte keine Manipulation der Karten. Ich musste drei kleinere Stapel mit unaufgedeckten Karten bilden und die jeweils oberste ziehen und unaufgedeckt auf den Tisch legen. Sie zeigte mir nun die

Karten, die sie auf der Hand hielt, damit ich sicher sein konnte, dass keine doppelten im Spiel waren. Sie bedeutete mir jetzt, die erste Karte umzudrehen. Es war die Königin der Stäbe. Auf einem goldenen Thron, der verziert war mit Löwen und Sonnenblumen, saß in Gold und Silber gekleidet und mit einer Krone auf dem Kopf die Königin. In der rechten Hand hielt sie einen begrünten Stab, in der linken eine Sonnenblume. Sonnenblume und Stab mochten ein Zeichen für Naturverbundenheit sein, die goldenen Löwen an den Armlehnen des Thrones ein Zeichen für Kraft und Willensstärke.

Ich deckte die zweite Karte auf. Es war der König der Kelche. Er saß auf einem steinernen Thron, hielt in der rechten Hand einen goldenen Kelch, in der linken ein goldenes Zepter. Über seinem blauen Gewand trug er einen Umhang in Rot und Goldgelb. Der steinerne Thron stand inmitten eines von Wogen aufgewühlten Meeres. Im Hintergrund sah man das rote Segel eines Schiffes.

Die Bedeutung der Karte war mir nicht mehr klar, außer dass die Wogen die oft aufgewühlte Welt unserer Gefühle und der unbewussten Wünsche darstellen mochten.

Dann deckte ich die dritte Karte auf. Es war der Tod. Er erinnerte an einen Reiter der Apokalypse, saß als Skelett in schwarzer Rüstung auf einem weißen Pferd, dessen rote Augen unheimlich waren. In der Hand trug der Tod ein schwarzes Banner, auf dem eine weiße Rose zu sehen war. Im Hintergrund strahlte die Sonne zwischen zwei Türmen.

Ich schüttelte ungläubig den Kopf. Ich hatte ausgerechnet diese drei Karten gezogen. Die Königin, den König und den Tod.

24

Die Mulattin musste mein Erschrecken und mein Unbehagen bemerkt haben. Sie schüttelte den Kopf, legte den Zeigefinger auf die Karte und sagte: „No, no la muerte, la transformación."

Ich erinnerte mich an Tarotrunden mit den Esoterikerinnen. Da hatte ich einmal auch den Tod gezogen und wurde getröstet, dass es nur um eine Veränderung gehe. Und richtig, nur zwei

Wochen später zog ich um von Bonn in den stillen Ort am Rhein.

Die Mulattin, die offensichtlich in mich hineinblicken konnte und eine weise Frau zu sein schien, fügte noch hinzu: „Transformación de la personalidad!"

Ich gab ihr die vereinbarten 20 000 Pesos. Sie führte die drei kleinen Stapel wieder zu einem zusammen, steckte die drei Karten wieder hinein, den König, die Königin und den Tod, stand auf, nickte mir noch einmal zu und ging davon. Die Bäckersfrau hatte hinter der Theke zugesehen und fragte neugierig: „Qué dijo ella?" - Was hat sie gesagt?

„Un cambio es inminente", antwortete ich. – Eine Veränderung steht bevor.

„En la amor?"

„Espero. La vida sin una mujer no tiene sentido." – Hoffentlich. Ein Leben ohne Frau ist sinnlos.

Sie drehte sich daraufhin um, ging zu ihrem Mann, der am Backofen stand, sagte etwas zu ihm, was ich aber nicht hören konnte. Der Kolumbianer verzog das Gesicht, schüttelte den Kopf. Vermutlich hatte sie ihm gesagt: „Nimm dir ein Beispiel an dem Alemán und kümmer dich mehr um mich."

Am späten Nachmittag ging ich zurück zum Hostal, legte mich oben auf der Terrasse in die Hängematte und dachte nach. Transformation, Veränderung der Persönlichkeit. Was sollte ich ändern? Ich zog in Betracht: Geh zum Beispiel verständnisvoller mit Feministinnen und Amazonen um. Verdrehe nicht die Augen und blicke nicht verzweifelt an die Zimmerdecke, wenn sie fordern, dass mehr Straßen nach Frauen benannt werden oder dass wegen der Quote mindestens einer der Heiligen Drei Könige durch eine Frau ersetzt werden müsste. Bei einer Esoterikerin sollst du nicht sagen: „Ja, den Zwerg an der Eiche sehe ich auch. Er hat ein rotes Mützchen an." Das glaubt sie dir nicht und fühlt sich auf den Arm genommen. Sag lieber: „Ja, kann schon sein. Es gibt viele Dinge zwischen Himmel und Erde, die man nicht erklären kann." Mokiere dich auch nicht mehr über das Gendern und andere Wortkorrekturen. Wenn ‚Pippi Langstrumpf' neu gedruckt werden soll und ihr Vater, der ‚Negerkönig' durch ‚schwarzer Papa' ersetzt wird, erwäge, dass das sinnvoll sein könnte. Und wenn eine Frau dich erstmalig besucht, greife ihr nicht schon im

Flur unter den Rock, sondern lade sie erst einmal zu einer Wohnungsbesichtigung ein. Lege dir umgangssprachlich Mäßigung auf. Rede und schreibe nicht mehr vom ‚Vögeln'! Kein romantischer Dichter hat diesen Ausdruck je benutzt. Sie redeten vom zärtlichen Beisammensein oder dem seelenvollen Gedankenaustausch. Allein Goethe hat sich lange vor ihnen in seinen ‚Venezianischen Epigrammen' auf dieses Terrain gewagt. Erst in der Neuzeit mit Klaus Kinski und Michel Houellebecq hat so ein Unwort Einzug in die Literatur gehalten. Bilde dich mit der Sprache lieber an Gabriel García Márquez, der von nächtlichen Wonnen spricht. Womit allerdings auch der Genuss von Roncitos gemeint sein könnte. Aber vielleicht war auch gar nichts gegen das Unwort zu sagen, erinnerte es doch an das Fliegen und damit an die Leichtigkeit des Seins.

Gehe bitte auch sanfter mit den Grünen um. Es sind verirrte Schafe, die per Vernunft auf den rechten Weg geführt werden sollten. Und habe auch mehr Verständnis für die Klimaaktivisten. Denke im Winter, wenn sie auf der Straße kleben, an St. Martin und versorge sie mit

Wolldecken, damit sie länger kleben bleiben können.

Schließlich ließ ich diese Gedanken fallen, dachte, das hat mit Transformation wenig zu tun. Transformation ist anders. Wenn zum Beispiel Saulus nach Damaskus reitet, um Christen zu verfolgen, auf dem Pferd vom Blitz getroffen wird, die Stimme Gottes hört und vom Saulus zum Paulus wird. Aber welcher Blitz sollte mich treffen? Deutete die Tarotkarte mit der Königin etwa auf Amors Pfeil? Wo sollte der herkommen?

Als ich an den Blitz und Amors Pfeil dachte, sah ich, dass sich der Himmel über Bocagrande zugezogen hatte und sich eine dunkle Front rasch näherte. Es war als würde schwarze Tusche über ein Löschblatt laufen. Am Horizont zuckten die ersten Blitze.

Ich kletterte aus der Hängematte, ging hinunter in mein Zimmer und schon stürzte der Regen vom Himmel, prasselte in Kaskaden auf die Straße.

Gegen Sieben war das Unwetter vorbei, der Himmel bis auf ein paar nachziehende Wolken klar. Am Horizont stieg die Sichel des Mondes auf, gefolgt von einer hell strahlenden Venus. Ich überlegte, was ich mit dem Abend noch anstellen sollte, erinnerte mich daran, dass Weißgerber vom ‚Club Havana' gesprochen hatte. Ich duschte, zog frische Sachen an, ging zur Straße, winkte einem Taxi und ließ mich nach Getsemani bringen, ein Stadtviertel das unmittelbar neben dem Centro Historico liegt.

25

Gegen Acht setzte mich der Taxifahrer vor dem ‚Club Havana' ab. Ich zahlte am Eingang 50 000 Pesos, sie hatten den Preis für den Eintritt also angehoben, bekam ein weißes Band ums Handgelenk, ging hinein, setzte mich in Nähe der Vitrinen und Regale mit Batterien aller möglichen Getränke an die Theke, bestellte mir ein Aguila. Zu der frühen Abendstunde waren nur wenige Gäste da. Ein paar dunkelhäutige Kolumbianerinnen in langen bunten Kleidern saßen an einem der Tische, die Life-Band war gerade auf die Bühne gekommen. Sie stimmten noch ihre Instrumente. Die Sängerin testete das Mikrophon. Ich überlegte, ob die attraktiven Damen an dem Tisch

Nachtvögelchen seien, hielt es aber für besser, das nicht herauszufinden. Die Versuchung war da. Aber einer der Damen irgendwohin zu folgen, schien mir zu gefährlich zu sein. So trank ich also lieber mein Bier, studierte die Fotowand mir gegenüber. Da waren sie alle versammelt. Schauspieler, Musiker, Schriftsteller. James Dean, Humphrey Bogart, Elvis, die blonde Marilyn, Hemingway und viele andere. Ich entdeckte auch den Pechvogel José Asunción Silva, dessen Gedichte ‚Nocturnu' und ‚Melancolía' auf der Rückseite der 5000 Peso-Scheine abgedruckt waren. ‚Oh dulce niña! Di, te resistirías?' – Oh, süßes Mädchen! Sag, würdest du widerstehen?

Ich suchte auf der Fotowand auch Gabriel García Márquez, fand ihn aber nicht. Ich fragte einen der Kellner. „Dónde es Márquez?" Er schüttelte den Kopf. „No, señor, él no está allí. Pero ven!" - Nein, mein Herr, er ist nicht dabei. Aber kommen Sie!

Er führte mich zu einem der Tische am Fenster, zeigte auf den Stern, der in die Tischmitte wie ein Mosaik eingelegt war. Ich las: ‚Gabriel García Márquez'. Und unter dem Stern stand: ‚had a good time here.'

„Aquí es donde siempre se sentaba", sagte der Kellner. Hier hat er immer gesessen. „Siéntate. Disfrútala!" wurde ich aufgefordert. Setzen Sie sich doch! Genießen Sie es!

Ich schüttelte den Kopf, wehrte bescheiden ab, sagte: „Esta mesa es demasiado grande para mí!" – Dieser Tisch ist zu groß für mich. Der Kellner hob die Augenbrauen, überlegte ein paar Sekunden, fragte dann: „Escribes también?" – Sie schreiben auch?

„Sí, como periodista. Cosa pequeña, sin grandes novelas." - Ja, als Journalist. Kleine Sachen, keine großen Romane.

Ich ging wieder zu meinem Platz an der Theke. Das ‚Havana' füllte sich jetzt mit immer mehr Gästen, teuflisch schöne Frauen darunter. Die Sängerin, eine rassige Kolumbianerin, startete ihren ersten Song. ‚Despacito', was ‚langsam' bedeutete, aber ein ziemlich flotter, heißer Reggae war.

„Sí, sabes que ya llevo un rato mirándote, tengo que bailar contigo hoy. Vi que tu mirada ya estaba llamándome. Muéstrame el camino."

Ja, du weißt, dass ich dich schon seit einer Weile anschaue. Heute muss ich mit dir tanzen. Ich sah, dass dein Blick mich schon rief. Zeig mir den Weg, den ich gehe!

Die Band spielte eine Spur zu laut. Nach dem dritten Aguila dröhnten mir die Ohren und ich verließ das ‚Havana', um irgendwo noch in der Stille ein weiteres Bier oder einen Roncito zu trinken. Die Gassen von Getsemani waren von einem bunten, pulsierenden Treiben erfüllt. Aus den Bistros tönten Salsa-, Cumbia- und Reggaerythmen. Gelbe, rote, blaue Fahnengirlanden und Schirme bildeten ein Dach über den engen Gassen. Die Fassaden mancher Häuser waren mit Graffitis bemalt. Motive aus dem Meer, Porträts karibischer Ureinwohner und Fabelwesen aus indianischen Legenden.

Die Gegend wurde einsamer, stiller. Ich kam an einen Platz mit einer Kirche, las auf der Messingtafel an der Pforte ‚Espiritu Santo', dann fiel mein Blick auf ein mit Blättern, Palmen und Blumen bunt bemaltes Haus, das nur ein paar Meter von der Kirche entfernt an einer Straßenecke stand. Unter einem mit farbenfrohen Stäben umgitterten Balkon war neben einer blauen, offenen Tür ein Frauengesicht auf die Fassade gemalt, eine Mulattin, deren geballte Weiblichkeit mich zugleich ängstigte wie auch faszinierte. Die vollen Lippen waren leicht geöffnet, der Blick der Augen dem Betrachter zugewandt. Das krause, schwarze Haar war mit roten Blütenblättern geschmückt. Über der blauen, geöffneten Tür stand ‚Café Colombia'.

26

Ich war neugierig, ging zu der blauen Tür, sah in das Café. Es war leer. Es waren keine Gäste da. Nur an einem der Tische saß eine Frau in einem moosgrünen Kleid, blätterte in einem Buch, rauchte. Die Luft roch nach Cannabis. Sie musste bemerkt haben, dass ich da stand, blickte auf. Ich sah, dass ihr Gesicht genau dem Porträt an der Fassade glich. Abgesehen von der farblichen Verfremdung durch einen Blauton bei dem Fassadengemälde. Zweifellos war es die Mulattin selbst. Ich stellte die dumme Frage: „El café está abierto?"

Sie stand auf, sagte: „Sí. Qué quieres beber?" – Ja. Was wollen Sie trinken?"

„Roncito, por favor."

Wie sie da stand in dem langen, moosgrünen Kleid und mit goldfarbenen Sandaletten an den Füßen, musste ich sie wohl einen Augenblick zu lange angestarrt haben. Sie war groß, schlank. Das Alter war schwer zu schätzen. Irgendwo zwischen 40 und 50 Jahren. Sie lächelte über meinen erstaunten Blick, begab sich hinter die Theke, um den Roncito zu bereiten.

Ich setzte mich an einen der Tische in Nähe der blauen Tür. Es mochte aussehen, als wollte ich bald wieder fliehen, aber es hatte einen anderen Grund. Ich fragte: „Puedo fumar aquí?" – Darf ich hier rauchen? Sie sah auf, lächelte, antwortete: „Sí, claro. Aquí yo decido." – Ja, natürlich. Hier bestimme ich.

Dann kam sie, brachte den Roncito, blieb neben mir stehen, lobte mein Spanisch, sagte aber: „No eres de aquí, verdad?" – Sie sind nicht von hier, nicht wahr?

„No, de Alemania."

Und dann wollte sie wissen, was ich in Cartagena machte, wie lange ich bleiben wollte, und ich überraschte mich selber mit der Antwort: „Yo no sé eso todavía." – Das weiß ich noch nicht.

Ich konnte meine Neugierde nicht unterdrücken und fragte, wer das Porträt an der Fassade gemalt hätte. Sie antwortete: „Ese era mi esposo. El era pintor." – Das war mein Mann. Er war Maler.

Und dann erzählte sie, dass die Zeiten früher im Café Colombia anders waren als jetzt. Da trafen sie sich alle, stellten die Tische zusammen. Maler, Schriftsteller, Musiker, Journalisten. Diskutierten über Kunst und Politik, zündeten sich eine Zigarette an der anderen an, soffen die Rumflaschen leer, schliefen manchmal an den Tischen ein. Es war noch die Zeit der ‚violencia', der Gewalt. Die FARC, das Militär, die paramilitärischen Gruppen. Aber Cartagena war etwas sicherer. Auch er war manchmal hier, kam rüber aus Mexico City, rauchte, trank Roncito. Gabriel Marcía Márquez. Ich weiß nicht, ob Sie das ‚Havana' kennen. Sie haben dort einen Tisch, wo er angeblich auch saß. Ich weiß es nicht. Kann sein. Auf jeden Fall war er in den guten, wilden Zeiten hier. Er liebte Cartagena.

Sie hob bedauernd die Schulter, erzählte, dass das Café jetzt leider im Abseits läge, der Trubel sei einen Kilometer weiter. Es kämen morgens nur noch ein paar Kolumbianer, um Kaffee zu trinken, und ab und zu verirrte sich ein Tourist und ließe sich zu einem Bier nieder. Kann sein, meinte sie, dass ich dieses Café aufgebe, das Haus verkaufe. „No lo sé todavía." – Ich weiß es noch nicht.

Und dann kam jener merkwürdige Satz, den sie mit einem Lächeln sagte: „Puede que seas mi último invitado." – Vielleicht sind Sie mein letzter Gast. „Ah, sí, hubo buenos momentos cuando Gabito todavía estaba aquí." – Ach ja, es waren schöne Zeiten, als Gabito noch hier war.

Gabito war Gabriel García Márquez, den sie in Cartagena zärtlich so nannten. Ich hatte inzwischen alle seine Romane gelesen, besonders die, die in Cartagena spielten, verschlungen. ‚Die Liebe in Zeiten der Cholera', ‚Von Liebe und anderen Dämonen' und ‚Erinnerung an meine traurigen Huren'. Ich bewunderte seine sprachliche Schöpferkraft, eine Gabe, die mir selbst versagt war. Oft brütete ich stundenlang über einer kleinen Kolumne, war unzufrieden mit den Sätzen, dachte an den mittelalterlichen Mönch, der gesagt hatte: „Das Schreiben geht an die Nieren. Aber Gott sei Dank brauen wir hier gutes Bier." Auch ich war in solchen Momenten aufgestanden, hatte den Stift beiseite gelegt bzw. das Notebook zugeklappt und stattdessen den Kühlschrank geöffnet. Egal zu welcher Tageszeit.

27

Ich bewunderte Gabito, und er seinerseits bewunderte den Japaner Kawabata, der mit ‚Die schlafenden Schönen' einen kuriosen Roman hingelegt hatte. Ein Mann, an der Schwelle zum Greisenalter, besucht ein Freudenhaus, wo junge Mädchen nach einer Betäubung im Tiefschlaf liegen. Er legt sich neben sie, bewundert ihren Körper und hängt seinen eher melancholischen Phantasien nach, weil in seinem Alter nichts mehr geht. Márquez hatte sich dadurch zu dem in Cartagena spielenden Roman ‚Erinnerung an meine traurigen Huren' inspirieren lassen. Ausgerechnet an diesen Roman musste ich denken, als mich die Mulattin fragte, ob ich etwas von Márquez gelesen hätte. Ich antwortete mit ‚Ja‘, nannte aber, weil es mir unverfänglicher schien, ‚Die Liebe in den Zeiten der Cholera‘, jenen ebenfalls in Cartagena spielenden Roman, der oft als die schönste Liebesgeschichte der Welt gepriesen wird. Ich musste mir eingestehen, dass mir die Frau, die mich das fragte, sehr gefiel. Nicht nur wegen ihrer exotischen Schönheit, sondern auch wegen ihres angenehmen, freundlichen Wesens. Es war so anders als das oft auf Konkurrenz lauernde Verhalten von Feministinnen, deren Auftreten meiner Sehnsucht nach Harmonie ziemlich zuwider lief. Was für ein seltsamer Tag, dachte ich. Und das ausgerechnet an einem Pfingstsonntag. Da werden dir zuerst die Tarotkarten gelegt, dann verlässt du den ‚Club Havana‘, kommst zu der Kirche ‚Espiritu Santo‘ und landest im ‚Café Colombia‘. Ist das magischer Realismus oder realistische Magie? So ähnlich muss es im griechischen Drama gewesen sein, wenn aus heiterem Himmel der ‚Deus ex machina‘ auf der Bühne erschien.

Ich bestellte mir einen zweiten Roncito, bekam dazu, gratuito, einen Teller mit frisch zubereiteten Arepas. Die Mulattin setzte sich wieder an ihren Tisch, blätterte weiter in dem Buch, drehte sich eine neue Zigarette, versah den Tabak mit Krümeln von Cannabis, wobei sie zuerst, wie ich beobachtete, die trockenen Weedknospen mit einem Grinder zerkleinerte. Ich verzichtete darauf, mir noch einen dritten Roncito zu bestellen, stand auf, wollte bezahlen, aber da lächelte sie, schüttelte den Kopf und sagte: „Los invité. Por favor vuelve pronto." – Ich habe Sie eingeladen. Kommen Sie bitte bald wieder.

Ich ging auf die Straße, sah zu der Kirche ‚Espiritu Santo', dankte, wem auch immer, für einen schönen Tag, winkte einem der gelben Taxis, die auch hier im Minutentakt vorbeikamen und fuhr in das Hostal zurück. Dort saß ich noch zu nächtlicher Stunde auf der Terrasse, sah zu der imposanten Kulisse von Bocagrande und musste immerzu an die schöne Frau im ‚Café Colombia' denken. Natürlich würde ich am nächsten Tag wiederkommen. Das Porträt, das ich an der Hausfassade entdeckt hatte, war magisch.

28

Am nächsten Morgen saß ich früh mit dem Laptop auf der Terrasse, versuchte mich an der Reportage für den Auswanderer Weißgerber, kam allerdings nicht so richtig in Fluss mit der Geschichte. Immer wieder lenkten mich die Gedanken hin zum Café Colombia und der schönen, freundlichen Mulattin. Wenn man ein Weib im Kopf hat, klappt das mit den Buchstaben nicht so richtig. Gegen Zehn rief dann auch noch Heinen an, um mir einen neuen Auftrag unterzuschieben.

„Ich brauche eine Kolumne von dir", sagte er. „Du liest deutsche Nachrichten?"

„Natürlich. Es gibt keine bessere Methode, um sich den Urlaub zu verderben."

Er lachte. „Okay, dann mach weiter so. Also, es geht um Folgendes. Im August treffen sich die Präsidenten der BRICS-Staaten in Südafrika. Brasilien, Russland, Indien, China, Südafrika. Unsere grüne deutsche Außenministerin bedrängt nun Südafrika mit der Forderung, Putin verhaften zu lassen. Schreib bitte etwas über diese Überheblichkeit. Statt eine Visagistin mit an Bord zu nehmen, sollte die Dame lieber an ihren Worten feilen und ihr historisches Bewusstsein schärfen. Überhaupt scheint es mir um einen Konkurrenzkampf zwischen ihr und ihrem grünen Kollegen im Wirtschafts- und Klimaschutzministerium zu gehen. Sie wollen Kanzler bzw. Kanzlerin werden. Was Gott verhüten möge. Die Beiden wollen sich scharf profilieren. Die eine mit ihrer Außenpolitik, der andere mit seinen Wärmepumpen und Energiegesetzen. Er hat übrigens in seinem Ministerium 249 neue Beamtenstellen geschaffen. Dem Volk aber predigen sie Sparsamkeit und fordern es auf, den Gürtel enger zu schnallen. Und noch etwas: Recherchiere im Zusammenhang mit der Forderung nach Putins Verhaftung die Ostverträge von Willy Brandt, die er in Moskau abgeschlossen hat und für die er den Friedensnobelpreis bekommen hat. Mir scheint, dass die Europäer gegen diesen Vertrag verstoßen haben. Du weißt ja, das Erste, was in einem Krieg verloren geht, ist die Wahrheit. Ich schicke dir dazu auch einen Artikel von Henry Kissinger, der die Schuld an dem Krieg klug verteilt. Henry Kissinger ist übrigens gerade hundert Jahre alt geworden. Man sollte auf ihn hören. Du erinnerst dich noch an Kissinger?"

„Na klar", antwortete ich. „Er hat damals als amerikanischer Außenminister geholfen, den Vietnamkrieg zu beenden. Hundert ist er geworden? Toll! Du veräppelst mich auch nicht?"

„Nein, nein. Du kannst das ja im Internet nachprüfen. Was macht eigentlich die Reportage über die Auswanderer?"

Fast hätte ich geantwortet: „Unser Wochenblatt interessiert mich im Moment weniger. Und Grün ist mir ziemlich egal. Ich habe nur noch Schwarz im Kopf. Da gibt es nämlich eine ungemein attraktive Mulattin."

Aber ich sagte das nicht, wich diplomatisch aus und antwortete: „Ist alles in Bearbeitung."

„Schön", meinte er. „Sieh zu, dass wenigstens die Kolumne über die Verhaftung Putins noch in der nächsten Samstagausgabe erscheinen kann. Ach ja", schloss er das Gespräch, „früher haben wir von einer friedlichen, einheitlichen Welt geträumt. Was haben wir nun? Eine Spaltung, einen globalen Süden und einen globalen Westen gegeneinander. Da kommen übrigens noch viele Länder zu den BRICS-Staaten dazu. Das Gegengewicht gegen die überheblichen G7. Schreib auch da etwas zu. Die 19 weiteren Staaten, die eine Aufnahme beantragt haben, schicke ich dir per Mail zu. Du wirst sehen, wie sich der Westen zunehmend isoliert. Die Kolumne bitte in zwei Tagen. Ich verlasse mich auf dich."

„Du weißt nicht, wie heiß es hier ist", bemerkte ich. „Da trocknet die Tinte rasch bzw. die Finger auf den Tasten werden müde."

„Ach", meinte er, „ich kenn dich doch. Es ist weniger die Hitze, wahrscheinlich eher eins deiner amourösen Abenteuer. Was macht denn der Gott Amor?"

„Der Bogen ist gespannt", antwortete ich wahrheitsgemäß."

29

Ob Heinen die Kolumne rechtzeitig bekommen würde? Ich bezweifelte das. Mehr als 10 000 Kilometer von den Grünen entfernt, hatte ich überhaupt keine Lust mehr, mich mit ihnen zu befassen. Sie waren noch blöder, als ich gedacht hatte. Jetzt waren sie in einen Jammerton verfallen. Schuld an ihren stockenden Unternehmungen waren auf einmal die anderen, die sich mit dem klimatischen Untergang der Erde etwas mehr Zeit lassen wollten. Ich hatte einen ganz anderen Plan, bei dem ich allerdings auf die richtige Gelegenheit warten müsste. Despacito. Langsam.

Die Mulattin hatte sich gestern Abend für ein paar Minuten zu mir gesetzt, nachdem ich ihr erzählt hatte, dass ich mir, um mein Spanisch zu verbessern, eine spanische Erstausgabe von Gabos ,Die Liebe in den Zeiten der Cholera' gekauft hatte. Diese Erstausgaben gab es im Torbogen des Uhrturms, einem der Eingänge ins Centro Historico von Cartagena. Da war der Verkaufsstand mit all den Büchern. Ich hatte nicht ganz die Wahrheit gesagt. Es war nicht der umfangreiche Roman über die Cholera, sondern ,Memoria a mis putas tristas', Erinnerung an meine traurigen Huren. Aber diesen etwas verfänglichen Titel hatte ich nicht angeben wollen.

Sie fand das großartig, dass sich ein Alemán zu später Stunde in ihr Café verirrt hatte, dort an einem Tisch am Eingang saß, sich einen Roncito bestellte, um Raucherlaubnis bat und dann auch noch Gabriel García Márquez kannte und nicht zu schlecht Spanisch sprach. Sie hatte da auch ihre Geschichte erzählt. Von den blühenden Zeiten des ‚Café Colombia', als ihr Mann noch lebte und sich alle dort regelmäßig trafen. Die Schriftsteller, Maler, Musiker, Journalisten. Aber ihr Mann, Carlos, hatte nicht nur eine Leidenschaft fürs Malen, sondern auch für Motorradrennen gehabt. Er hat immer auf der Überholspur gelebt, hatte sie gesagt. Es ist nicht gut gegangen. Vor zehn Jahren ist er bei einem Rennen verunglückt. Seitdem läuft das mit dem Café nicht mehr so gut. Es gibt diese Treffen nicht mehr.

„Wann war denn Gabo das letzte Mal hier?" hatte ich gefragt.

„Das war Anfang 2000. Ich glaube, das war 2001. Ich war da gerade 30 Jahre alt. Er hatte da den Nobelpreis für Literatur schon erhalten. Aber er war trotzdem bescheiden geblieben. Wir haben ihn alle in bester Erinnerung."

Ich wusste da also, wie alt sie war. Nämlich 52, ein paar Jahre älter als ich. Ich fand das sehr passend. Affären mit erheblich jüngeren Frauen hatte ich nie. Bis auf ein paar anstrengende Ausnahmen.

116

Eigentlich hielt ich mich lieber an Gleichaltrige oder ältere. Heinen hatte mir einmal ein brasilianisches Sprichwort verraten: „Panela velha faz a melhor comida." – Ein alter Topf macht das beste Essen.

52 war wirklich ein wunderschönes Alter. Da gab es nicht mehr die Flausen der jungen Hüpfer. Die Mulattin hatte mir auch ihren Namen verraten. Sonya Emilia. Ich fand ihn schön, poetisch. Er klang für mich zauberhaft. So als würde man zwei Akkorde auf einem Klavier anschlagen. Meinen Namen wollte sie auch wissen. Nach kurzem Überlegen sagte ich: „Juan". Das war die spanische Übersetzung für ‚Hans'. Hans Peter war einfach zu lang und umständlich.

30

Ich ließ die Arbeit an der Reportage ruhen, sah voller Ungeduld dem Abend entgegen. Weißgerbers Motive für das Auswandern waren klar. Die konnte man in einem Satz zusammenfassen. Er hatte Deutschland verlassen, um ein finanzielles Auskommen zu haben, mehr Freiheit, weniger Regulierung und Bevormundung, ein angenehmeres Klima, nicht nur wettermäßig, und dann gab es eben noch die schöne Beigabe, nicht einsam in einem Zimmerchen zu sitzen, sondern mit einer attraktiven Kolumbianerin zusammenzuleben.

Bevor ich mich am frühen Abend in ein Taxi setzte, trank ich einen Kaffee bei der freundlichen Bäckerin, sah dem waghalsigen Verkehr an einer nahen Kreuzung zu, wunderte mich immer noch, dass alles haarscharf gutging, Motorräder und Autos sich zentimetergenau passierten. Einen Unfall sah ich nie. Ab und zu wurde auch ein Karren vorbeigeschoben mit Früchten wie Mangos, Papayas, Ananas und Avokados. Und manchmal kam auch jemand vorbei mit einer Ladung leerer Dosen, um sie bei einem Recycling-Unternehmen zu verkaufen. Ein Dosenpfand gab es in Kolumbien nicht. Das Land hatte zwar nach den Jahren des Bürgerkrieges eine aufstrebende Wirtschaft, aber man sah auch Armut und einen mühsamen Kampf um die tägliche Existenz. So wie es bei Weißgerbers Frau gewesen sein musste, die einen Karren mit heißem Kaffee in

Thermoskannen vor sich hergeschoben hatte. Bis eben der Deutsche sie angesprochen hatte.

Die Bäckerin verabschiedete mich mit einem freundlichen, aber bedeutungsvollen Lächeln. Ihr musste aufgefallen sein, dass ich nicht wie sonst im T-Shirt bei ihr gesessen hatte, sondern jetzt mit einem sauberen, weißen Hemd. Am Straßenrand musste ich kaum eine halbe Minute auf ein Taxi warten, gab als Ziel wie am Abend zuvor den allen Fahrern bekannte ‚Club Havana' an. Von dort wollte ich die etwa achthundert Meter noch einmal zu Fuß zurücklegen, sehen, wo das touristische Treiben in der Vergnügungszone endete und die eher einsame Gegend um die Kirche ‚Espiritu Santo' und das ‚Café Colombia' begann. In das ‚Havana' wollte ich nicht noch einmal. Es war mir zu touristisch, lebte wohl von seinem legendären Ruf und seinem Namen. Welcher Kolumbianer würde schon 50 000 Pesos bezahlen und dann drinnen für einen Mojito noch einmal 70 000? Auch war mir die Band zu laut. Das ging auf die Ohren. Dass Márquez das ‚Havana' besucht hatte, war allein wegen des Clubnamens glaubhaft. Schließlich war er ein Freund des Kubaners Fidel Castro gewesen. Ob er auch wirklich an dem Tisch gesessen hatte, der sehr neu aussah, mochte stimmen, konnte aber auch ein Werbetrick sein.

Nach etwa vierhundert Metern hörte das pulsierende Treiben auf. Ich erreichte schließlich die Kirche, sah wieder das Porträt an der Fassade des ‚Café Colombia'. Die blaue Tür war geöffnet. Sonya Emilia stand dieses Mal hinter der Theke, zerschnitt eine Limette, bereitete sich anscheinend gerade einen Roncito. Wieder war ich der einzige Gast. Als sie mich sah, lächelte sie, verließ die Theke, kam auf mich zu, überraschte mich mit einer Umarmung, wie sie bei alten Freunden oder Bekannten üblich ist, und sagte: „Qué lindo!" – Wie schön.

31

Das assoziative Denken war eine verräterische Sache. In der Psychoanalyse wurde es benutzt, um die wahre Tiefe des Kandidaten zu erkennen. Man bekam ein Stichwort als Vorlage, sollte dazu spontan den ersten Gedanken äußern, der einem dazu einfiel.

Sagte der Therapeut zum Beispiel ‚Bett' und der Klient antwortete spontan ‚vögeln', dann wusste der Therapeut Bescheid. Antwortete der Kandidat jedoch, was auch möglich war, ‚schlafen', dann wusste der Therapeut auch Bescheid.

Bei mir war es nun so, dass ich zuallerst dachte, als ich ihre kurze Umarmung bei der Begrüßung spürte: „Ola, du willst mehr!" Das war keine heruntergekommene Geilheit, sondern Sympathie, Wunsch, Sehnsucht. Ich wünschte mir, dass nichts mehr ‚despacito' - langsam – lief, sondern dass der Song in den flotten Reggaerhythmus kam, den er entgegen dem Titel auch hatte. Was die Lyrics betraf, sprach der Song von ganz anderen Dingen, nämlich der Sehnsucht, den Körper der Geliebten endlich zu spüren. Ach ja, zum Kuckuck, dachte ich. Gib es zu. Du bist dabei, dich zu verlieben. Und das ist keine Sache, an der man lange arbeiten muss, sondern geschieht auch spontan.

„Ich habe dich kommen sehen", sagte die Mulattin, „und uns zwei Mojitos gemacht. Die kubanische Version des Roncito."

Ich sah ihr nach, wie sie mit wiegenden Hüften wieder hinter die Theke ging und musste an den französischen Philosophen Descartes denken, der die westliche Welt mit seinem Satz „Ich denke, also bin ich." in den Rationalismus geführt hatte. Nein, nein, dachte ich. Dieser Satz muss eigentlich lauten: „Ich vögel, also bin ich." Und das ist nicht einfach nur Geilheit, sondern eine ganz natürliche Attraktion, die unsere Feministinnen mit sozio-kulturellen Überlegungen kleinreden wollen. Ich will nicht nur mit ihr vögeln, sondern sie wirklich kennenlernen und sie an meiner Seite haben. Das ist echte Kommunikation.

Sonya Emilia kam mit zwei Mojitos zurück, setzte sich zu mir an den Tisch. Ich erzählte ihr von meinem Nachmittag am Strand von Bocagrande, erzählte, dass ich diesen Strand gar nicht so schön fand. Nicht nur wegen des fehlenden feinen Sandes, sondern auch, weil man zweimal in der Minute von Händlern aufgefordert wurde, etwas zu kaufen. Eine Sonnenbrille, einen Hut, eine Uhr und so weiter.

„Ich kann es ja verstehen", führte ich aus. „Sie wollen und müssen ihre Pesos verdienen. Aber es ist einfach lästig."

„Kennst du die Playa Blanca?" fragte sie.

„Nein. Wo ist das?"

„Zwanzig Kilometer von hier. Auf der Isla Baru. Eigentlich ist es keine Insel, nur eine Halbinsel. Der Sand dort ist weiß, das Wasser türkis. Und sehr schön warm. Ich fahre Morgen wieder dorthin. Zu Mateo. Willst du mitkommen?"

„Aber ja doch!" sagte ich.

32

Mateo, wie sie erklärte, gehörte zu der Künstlergruppe, die sich regelmäßig im ‚Café Colombia' getroffen hatte. Er war 92 Jahre, hatte wegen Parkinson das Malen aufgeben müssen, hatte sich nach dem Tod seiner Frau in ein Haus am Strand von Playa Blanca zurückgezogen. Einmal die Woche kaufte Sonya Emilia für ihn ein, besuchte ihn.

„Hat er Márquez noch gekannt?" wollte ich wissen.

„Oh ja, wenn sich Gabo angekündigt hatte, sind sie alle gekommen. Die Tische wurden zu einer großen Runde zusammengestellt. Mateo war immer mit dabei."

Ich kam jetzt mit einer Idee, die ich den ganzen Tag schon mit mir herumgetragen hatte, und fragte: „Hast du noch Fotos von dieser Zeit?"

„Ja, in einem der Zimmer oben ist ein Karton mit den Aufnahmen."

„Darf ich die Fotos sehen?"

„Sicher. Was hast du vor?"

„Sage ich, wenn ich die Fotos gesehen habe."

Sonya stand auf, verschwand durch eine Tür neben der Theke. Nach ein paar Minuten kam sie mit einem Karton zurück, stellte ihn auf den Tisch. Ich hob den Deckel ab, sah einen ganzen Stapel Fotos in Schwarz-Weiß und auch in Farbe und stellte erfreut fest, dass auch die Dosen mit den Filmrollen noch da waren. Die Abzüge selbst hatten ein kleines Format. Ich sah mir Foto um Foto an. Auf fünf von ihnen war Márquez wunderbar in der Runde zu erkennen. Bei einem Bild stutzte ich, fragte: „Wer ist das neben ihm?"

„Das ist der Chilene", antwortete sie. „Neruda. Sag jetzt, was hast du vor?"

„Dein Café muss wiederbelebt werden. Gott sei Dank sind die Negative noch da. Wir werden Abzüge in einem großen Format machen, und dann gibt es eine Fotowand wie im ‚Havana'. Der Unterschied ist aber, dass wir die Fotos mit Márquez haben. Im ‚Havana' haben sie so etwas nicht. Ich werde für dich auch eine Website einrichten, damit das bekannt wird. Weiter könnten wir auch Kunstausstellungen organisieren, laden zu den Vernissagen ein. Literarische Zirkel sind auch möglich. Was hältst du davon, wenn das ‚Café Colombia' aus seinem Dornröschenschlaf erwacht?"

Sie sah mich fragend und zweifelnd an. „Das willst du für mich machen? Wie lange bleibst du denn noch in Cartagena?"

„Das könnte ich beliebig verlängern. Ich arbeite im Modus Homeoffice. Nur Reportagen in Deutschland vor Ort sind nicht möglich. Die Online-Ausgabe kann ich weiter lektorieren, auch Leitartikel und Kolumnen schreiben. Nachrichten aus Deutschland sehe ich im Internet."

„Ob das Ärger mit dem ‚Havana' gibt?

„Ach was. Die haben den Tisch, wir die Fotos. Das ‚Havana' wird seine Besucher nicht verlieren. Attraktiv ist ja der Name, die ganze Atmosphäre dort. Eine Lifeband können wir uns sparen. Die Musik, sollten wir sie brauchen, kommt von einem CD-Player oder besser noch life von einem guten Akkordeonspieler."

Ich hatte einige Male ‚wir' gesagt, so als wolle ich bei dem Unternehmen mitmachen, das Café mitbetreiben. Sonya Emilia schien nichts dagegen zu haben.

33

Gegen Zehn verabschiedete ich mich von ihr, schob vor, an der Reportage arbeiten zu müssen. Ich wusste nicht, ob sie mich einladen würde, die Nacht in ihrem Haus zu verbringen, um mir die Taxifahrt zu ersparen. Einer Absage, einer Enttäuschung wollte ich zuvorkommen und sagte mir: „Despocito!" – Langsam. Sie umarmte mich zum Abschied. Wir verabredeten uns für den Mittag am nächsten Tag, um zum Playa Blanca zu fahren. Vorher wollte sie noch für Mateo einkaufen. Mit gemischten Gefühlen stieg ich in das Taxi. Doch, ich wäre gerne geblieben. Aber es war ja erst der zweite Abend, und vielleicht wollte sie in Ruhe und alleine über meinen Vorschlag nachdenken. Sie hatte zugegeben, dass sie das ‚Café Colombia' nach dem Tod von Carlos, ihrem Mann, nur noch lethargisch geführt hatte, unentschlossen, ob sie das Haus nicht lieber verkaufen sollte.

Im Hostal angekommen, begab ich mich auf die Terrasse, holte mir ein Bier aus dem Kühlschrank, legte mich damit in die Hängematte und schaukelte zu der kühlenden Abendbrise, die nach einem heißen Tag vom karibischen Meer herüberkam. Wie jeden Abend zu später Stunde tönte von der Straße her, aus irgendwelchen Häusern, laute Musik. Reggae, Salsa oder Cumbia. Die Musik war in Kolumbien der ständige Begleiter durch die Nacht. Es störte mich nicht. Ich dachte nur, in dem stillen Ort in meiner Heimat wäre schon längst nach etlichen Beschwerden die Polizei gekommen. Hier in Cartagena war das anders.

Ich sah zu, wie der volle Mond wie ein goldener Teller am Horizont heraufstieg und langsam weiter wanderte, gefolgt von der Venus, die er nicht zu überstrahlen vermochte. Ich hatte die Flasche Aguila-Bier noch nicht ganz ausgetrunken, als ich sanft schaukelnd einschlief und mir den Rest über das schöne, weiße Hemd schüttete, das ich am nächsten Tag noch tragen wollte. An die verworrenen Träume dieser Nacht erinnerte ich mich kaum, nur an ein paar einzelne Motive. Die Frau mit den Tarotkarten tauchte auf, hielt mir die Karte mit dem Narr entgegen, lachte und sagte: „Such den Schatz, aber vergiss die Klingel nicht!" Dann lief ich durch den Schnee in einem mir unbekannten Ort, suchte das Hotel, in dem Sonya Emilia auf mich wartete.

Um halb Sechs in der Morgendämmerung wurde ich wach durch die laute Musik, die vom Park Bruselas heraufdröhnte. Eine Gruppe von Kolumbianern hatte sich zu der frühen Stunde schon zu Gymnastikübungen eingefunden. Ich rappelte mich aus der Matte, sah das mit Bier befleckte Hemd, ging hinunter in die Küche, um Kaffee zu kochen, zog das Hemd aus, wusch die Flecken weg im Spülbecken. Ich wollte in makellosem Weiß im ‚Café Colombia' erscheinen. Es war mein einziges Hemd. Sonst hatte ich nur ein paar T-Shirts in den

Rucksack gepackt. Um halb Zwölf verließ ich das Hostal, winkte an der Straße ein Taxi herbei und war gespannt, was der Tag mir bringen würde.

34

Sonya Emilia erwartete mich schon. Für unsere Strandtour hatte sie kein langes Kleid an, sondern Jeans, die ihre attraktive Figur betonten. Dazu trug sie eine weiße Bluse und weiße Sportschuhe.

„Wir werden mit dem Taxi fahren", sagte sie, „bleiben über Nacht. Meinen Wagen lasse ich in der Garage. Es ist zu unsicher, wenn er am Strand stehen bleibt. Ein Stückchen müssen wir mit dem Boot fahren. Mateo übernimmt übrigens immer die Kosten. Finanziell geht es ihm ganz gut. Seine Bilder stehen immer noch hoch im Kurs. Wunder dich bitte nicht, wenn die Tasche, die ich ihm bringe, schwer ist und Flaschen darin klappern. Das sind acht Flaschen Rum. Eine ist für uns, die anderen sieben sind seine Wochenration. Eine Stange Marlboro ist auch dabei. Das Essen lässt er sich einmal am Tag von einem nahen Restaurant bringen. Dafür muss ich nichts einkaufen. Ich denke, du wirst dich freuen, wenn du das klare, schöne, türkisfarbene Wasser am Playa Blanca siehst. Es ist auch angenehm warm. Und der Sand ist wirklich weiß und fein."

Ich fasste mich an den Kopf. „Verdammt, ich habe meine Badeshorts vergessen", sagte ich.

Sie lächelte. „Die brauchst du nicht. Wir können nachts, wenn der Strand leer ist, schwimmen gehen. Da, wo Mateo das Haus hat, ist es sowieso einsam. Da schaukeln nur ein paar Boote."

Sie musste meinen überraschten Blick bemerkt haben. Und mein erstauntes, leichtes Öffnen der Lippen, ohne etwas zu sagen. Sie lächelte wieder. Dieses Mal amüsiert. Sie bestellte ein Taxi, und dann machten wir uns auf den Weg zur Isla Baru, die eigentlich nur eine Halbinsel ist. Zum Ende der Fahrt wurde der Weg sandig und lehmig, junge Burschen mit ihren Motorradtaxis bedrängten uns, wollten, dass wir uns für die restliche Strecke von ihnen transportieren ließen. Aber Sonya winkte ab, sagte zu mir: „Das machen sie immer so. Aber man kommt bequem mit dem Auto bis fast zum Strand. Achte nicht auf die Händler, die uns dort etwas aufschwatzen wollen. Ich nehme am Strand immer dasselbe Boot. Der Mann kennt mich schon. Die Fahrt dauert keine zehn Minuten."

Von einem sandigen Parkplatz ging es zu Fuß über einen steinigen Weg nach unten zum Strand. Ich wimmelte die Händler ab, die mir wie in Bocagrande etwas verkaufen wollten, Sonya steuerte zielsicher auf eins der Boote zu, die in den Wellen schaukelten. Ich schleppte die Tasche mit den Rumflaschen, zog die Schuhe aus, warf sie ins Boot, ging bis zu den Knien ins Wasser, das tatsächlich klar und angenehm warm war, kletterte in das Boot, ließ es mir nicht nehmen, Sonya die Hand zu reichen und ihr beim Einsteigen zu helfen. Sonst war das wohl immer die Aufgabe des Kolumbianers. Der warf jetzt den Motor an und dann ging es schaukelnd und parallel zu Strand und Wellen in Richtung eines einsam liegenden Hauses ganz am Ende der mit Hütten und Restaurants bestandenen Strandzone. Das Boot rutschte am Ziel knirschend auf den Sand. Ich stieg aus, half Sonya wieder. Der Bootsführer kümmerte sich um die Tasche. Auf der Terrasse des Hauses saß Mateo an einem Tisch und winkte. Ich erkannte ihn sogleich, Sonya hatte ihn gestern auf den Fotos gezeigt. Sein Haar war indes eine Spur weißer, aber immer noch dicht und er wirkte etwas hagerer als auf den Fotos.

35

Sonya hatte mich für das Gespräch mit Mateo vorbereitet. „Er hat nicht nur Parkinson – es ist übrigens seine eigene Diagnose – es beginnt bei ihm auch Alzheimer. Wundere dich nicht, wenn er manches zweimal erzählt."

Die Unterhaltung mit Mateo gebe ich direkt ins Deutsche übersetzt wieder. Wie auch meine Unterhaltung mit Sonya Emilia, spare mir also in der Regel das original Spanische. Manches ist auch sinngemäß wiedergegeben, also nicht genau wörtlich übersetzt, weil es nicht immer das genau passende Äquivalent gibt.

Als wir die Veranda betraten, blieb Mateo sitzen, reichte mir die Hand, sah mich freundlich an und sagte zu Sonya Emilia: „Milja, das also ist der junge Mann, von dem du gestern Abend gesprochen hast." Dann wandte er sich sofort der

Tasche zu, die ihm Sonya auf den Tisch gestellt hatte. Er sah hinein, nickte, sagte:

„Schön, dass der Nachschub da ist. Milja, sei so gut und fülle mir das erste Glas. Beim zweiten oder dritten mache ich das selber."

Er wandte sich jetzt mir zu. „Wissen Sie, junger Mann, ich habe seit ein paar Jahren Parkinson. Da verschüttet man manchmal. Aber nach dem ersten oder zweiten Glas geht das weg. Wundern Sie sich nicht, wenn ich dem Rum zuspreche. Mit 92 ist einem der Tod sowieso dicht hinterher. Mache ich morgens die Augen auf, staune ich, dass ich noch lebe. Wollt ihr auch ein Gläschen?"

Ich schüttelte den Kopf. „Nein, danke. Jetzt wäre mir erst einmal ein Kaffee lieber."

„Milja, dann mach dem Herrn mal bitte einen Kaffee. Aber fülle mir zuerst das Glas."

Sonya ging in den hinteren Teil der Veranda, zog einen Vorhang zurück. Eine Küche zeigte sich. Mateo wandte sich jetzt mir wieder zu, sagte: „Das ist ja eine wunderbare Idee, das ‚Colombia' wieder zu aktivieren. Gabo würde sich freuen. Laden Sie zuerst die Maler ein. Die freuen sich immer, wenn sie eine Ausstellung machen dürfen. Ach ja, und vergessen Sie die Journalisten nicht."

Er fuhr sich jetzt mit der Hand durch das Haar, legte die Stirn in Falten, rief Milja zu: „Sag mal, habe ich dich vielleicht schon gefragt, ist der Zabala schon tot oder lebt er noch?"

„Er lebt nicht mehr", rief Sonya zurück. „Er war ja viel älter als Gabo." Und zu mir sagte sie: „Zabala war der Chefredakteur der Zeitung, für die Gabo hier gearbeitet hat."

„Ja, richtig", meinte Mateo, nahm einen kräftigen Schluck Roncito, zündete sich eine Zigarette an. „Also, was ich noch sagen wollte, es ist eine wunderbare Idee, das ‚Colombia' wieder zu aktivieren. Laden Sie zuerst die Maler ein und vergessen Sie den Zabala nicht. Der kann dann darüber schreiben. Ach, junger Mann, ja, das Leben ist so kurz und schnell vorbei."

Er wandte sich jetzt wieder Sonya zu, rief: „Milja, bleibt ihr eigentlich über Nacht?"

„Ja, haben wir vor", kam die Antwort.

„Schön", sagte Mateo. „Ihr könnt die beiden Gästezimmer oben haben. Ihr könnt allerdings auch nur ein Zimmer nehmen. Der alte Schiller hat schon immer gesagt: ‚Was du von der Minute ausgeschlagen hast, bringt keine Ewigkeit zurück.' Ja, ja, wir haben auch über deutsche Dichter geredet. Gabo kannte sich da wunderbar aus. Wie überhaupt in der Welt der Literatur."

36

„Mateo, lass diese Anspielungen!" rief Sonya von der Küche aus. Sie kam mit einem Tablett, setzte zwei Tassen, eine Kanne mit Kaffee, Milch, Zucker auf den Tisch.

„Ich habe heute noch nichts gegesssen", sagte Mateo. „Milja, sei bitte so lieb, geh zu Bonito, suche drei leckere Fische aus, lasse sie bringen."

„Du kannst auch anrufen", entgegnete Sonya.

„Ich weiß nicht, wo ich das Teufelsding hingelegt habe", hielt Mateo entgegen.

„Dann rufe ich zuerst dich an. Dann wissen wir, wo dein Handy ist."

Mateo verzog das Gesicht. „Bitte!"

Sonya wählte seine Nummer. In unmittelbarer Nähe zu Mateo ertönte der Klingelton. „Ach ja", sagte er. „Ich habe es in der Tasche. Aber geh bitte trotzdem zu Bonito und suche die Fische aus. Du weißt, manchmal nimmt er die von gestern."

„Na gut", lenkte Sonya ein. „Wenn du mich laufen sehen willst. Aber erst trinke ich hier eine Tasse Kaffee."

„Mach es so", meinte Mateo. „Aber denke dann an unseren Hunger."

Als Sonya schließlich den Kaffee getrunken hatte und den Strand entlang unterwegs war, sagte Mateo: „Junger Mann, sie schwärmt für dich. Das hat sie mir gestern am Telefon erzählt. Also vergiss bitte nicht, die Klingel zu drücken."

„Die Klingel zu drücken?" fragte ich verblüfft zurück. „Wie kommen Sie auf diese Formulierung?"

„Na ja, oben sprechen, unten klingeln. Ich merke doch, wie du sie ansiehst. Also lass die Gelegenheit nicht vergehen. Milja ist da etwas zurückhaltend. Du musst es nicht sein. Sagt sie ‚Nein', hörst du es einfach nicht. Sie meint es nicht so."

Ich war immer noch verblüfft wegen dem Ausdruck ‚die Klingel drücken' und wollte von dem Thema weg. Ich fand es auch nicht richtig, über Sonya zu reden, wenn sie nicht da war. So fragte ich Mateo: „Wie war das eigentlich mit Márquez? Diese Treffen im ‚Café Colombia‘.“

„Ach“, sagte er. „Er war ein wunderbarer Mensch. Wer ihn einmal als Freund hatte, hatte ihn für immer. Auch nachdem er diesen Preis bekommen hat, ist er bescheiden geblieben. Der Preis, ich glaube, das war in den 80er Jahren.“

„Ja“, sagte ich. „1982.“

„Wir haben es ihm hoch angerechnet, dass er ab und zu noch nach Cartagena kam. Er hatte sich für Mexiko-City als Wohnort entschieden. Er kam trotz seiner Flugangst. In der Maschine hat er eine Zigarette an der anderen angezündet. Damals ging das noch. Heute muss man ja aufpassen, dass sie einem das Rauchen nicht auf der eigenen Veranda verbieten.“

„Na“, meinte ich. „Das wird in Kolumbien nicht passieren. Eher in Deutschland. Ich warte darauf, dass sie einen zur Installation besonders senibler Rauchmelder verpflichten und damit überwachen.“

„So schlimm?“ fragte Mateo.

„Ja, so schlimm", antwortete ich. „Aber bleiben wir lieber bei Márquez. Wie war er politisch?"

„Durch und durch Sozialist. Aber einer von der freundlichen, verständnisvollen Sorte. Er war ja auch mit Fidel Castro befreundet. Bill Clinton, der übrigens ein begeisterter Leser seiner Bücher war, hat er immerhin überzeugen können, bei dem Embargo der Amerikaner gegen Kuba wenigstens Schulen und Universitäten auszunehmen. Wie schade, dass er nicht mehr unter uns ist. Aber junger Freund, so ist das. Wir leben nicht ewig. Und täten wir es, wie wäre das? Dann müsste ich ja immerzu auf dieser Veranda sitzen. Langweilig. Also seien wir dankbar für die Sterblichkeit."

37

Mateo hob den linken Arm vor die Augen, sah auf die Uhr. „Glauben Sie an ein Leben nach dem Tod?" fragte er unvermittelt. Scheinbar zufällig wechselte er, wenn er mich ansprach, zwischen ‚Sie' und ‚Du'.

„Ich weiß es nicht", antwortete ich. „Aber es gibt gewiss zwischen Himmel und Erde Dinge, die wir nicht erklären können. Dann versagt die Wissenschaft und wir kommen an die Grenze des Mysteriums."

Ich dachte an den Pfingstsonntag, an die Tarotkarten, den merkwürdigen Drang, das ‚Havana' zu verlassen und in der Dunkelheit eine einsame Gegend aufzusuchen. Auch Mateos Spruch ‚vergiss bitte nicht, die Klingel zu drücken' war eine seltsame Koinzidenz mit meinem Traum in der Nacht zuvor. „Such den Schatz, aber vergiss die Klingel nicht", hatte die alte Mulattin gesagt.

„Ich weiß es nicht", wiederholte ich. „Ich kann nur sagen, dass wir im Westen in einen Rationalismus und Materialismus gefallen sind, der gefährlich ist. Die Religion spielt keine Rolle mehr. Die Öffnungszeiten des Supermarktes sind wichtiger als die der Kirche. Auch glaube ich, dass uns die Poesie abhanden gekommen ist. Allein deswegen ist es wichtig, dass sich im ‚Café Colombia' wieder etwas tut. Normalerweise führen wir Gespräche, die sich nur um Nichtigkeiten drehen, der berühmte, berüchtigte Small Talk. Am nächsten Tag hast du alles vergessen, worüber man geredet hat."

Mateo nickte nachdenklich. „Ja, ja, da hast du recht. Das war bei Gabo und unserer Runde im ‚Colombia' ganz anders. Sicher, wir haben auch da gut zugelangt und unsere Roncitos getrunken und in dem ganzen Qualm konnte man seinen Nachbar kaum erkennen. Aber was gesprochen wurde, haben wir behalten. Heutzutage scheint das umgekehrt zu sein. Bei Mineralwasser und frischer Luft werden lauter Belanglosigkeiten ge-quatscht. Da ist es ein Segen, wenn man Alzheimer hat."

Er sah wieder auf die Uhr, sagte: „Ach so, habe ich dich schon gefragt wegen der Sterblichkeit? Aber wo bleibt nur Milja? Sie ist jetzt schon lange weg."

„Nein, nein", sagte ich. „Ich habe sie gerade erst bei ‚Bonito' hereingehen sehen."

„Ja, schön, dann kommt sie ja bald. Junger Freund, Sie könnten jetzt auch einen Roncito gebrauchen. Ich muss das Zeug ja nicht immer alleine trinken. Stoßen wir auf Ihr Projekt an, dass es gelingen möge. Milja ist übrigens ein richtiger

Engel. Auf diese Frau können Sie sich verlassen. Es wird wahrhaftig Zeit, dass sie aus ihrer Lethargie erwacht. Aber das mit Carlos hat sie sehr mitgenommen. Der Idiot war Geschwindigkeitsfanatiker, hat sich beim letzten Rennen die Ohren abgefahren. Musste ja mal passieren. Aber war ein guter Maler. Weißt du, wir waren auch Konkurrenten. Nicht nur in der Malerei. Ich war auch in Milja verknallt, aber er hat sie bekommen. Dafür aber gab es für meine Bilder mehr Geld. Na ja, und die ganze Geschichte war auch vergessen, als ich Isabella kennenlernte. Glaubst du, dass man sich im Himmel wiedertreffen kann?"

Ich hob nur die Schulter und sagte: „Ich weiß es nicht."

38

Mateo hatte die Eigenschaft, mit assoziativer Akrobatik Themen zu wechseln. Plötzlich fragte er mich: „Hatten Sie schon einmal ein Krokodil im Arm?"

„Nein", antwortete ich verblüfft.

„Das ist gut", meinte er. „So ein Krokodil ist nämlich viel zu schwer. Das lassen Sie sofort fallen. Nehmen Sie lieber eine Frau."

Er blickte jetzt träumerisch an die Decke, sprach nach oben: „Wissen Sie, in unserer Runde im ‚Colombia' haben wir auch immer über Gedichte gesprochen, nicht nur über kolumbianische. Ich erinnere mich an den Brasilianer, Casimiro de Abreu. Gegrüßest seist du, Maria! Sehr jung gestorben. Mit 21. Hinterlässt aber zahlreiche Gedichte, ein Theaterstück, mit großem Erfolg in Lissabon aufgeführt, und dann noch Romane. Carolina, die Hütte und die blonde Jungfrau. Nicht weit von Rio ist ein ganzer Ort nach ihm benannt. Das ist auch ein Weg zum längeren Leben. Wie bei unserem Silva. Sie kennen ihn?"

„Sie meinen den, der auf den 5000-Peso-Scheinen abgebildet ist?"

„Ja, genau den. Gabo ist das ja auch widerfahren. Hier allerdings auf den 50 000-Peso-Scheinen. Schade, dass diese Ehre meinen Bildern nicht zukommt. Was wären das für schöne, bunte Scheine! Kommt vielleicht noch. Aber dazu muss man erst einmal sterben. Wo waren wir stehengeblieben? Ach ja, beim Krokodil. Wie gesagt, nehmen Sie lieber eine Frau in den Arm. Aber passen Sie auf! Manchmal macht das keinen Unterschied. Wissen Sie, in meinem Alter klappt das nicht mehr. Ich bin jetzt 90 oder auch schon 92. Da geht das mit der Leistung nicht mehr. Früher habe ich noch gerammelt wie ein Kaninchen. Jetzt kann ich nur noch altersgemäß stöhnen. Bei Milja brauchen Sie jedoch keine Bedenken zu haben."

Mateo hatte an die Decke geblickt und ich ihm bei seinem Monolog fasziniert zugesehen. Von uns unbemerkt war Sonya Emilia zurückgekommen, hatte die Veranda betreten. „Was heißt das?" fragte sie. „Bei Milja brauchen Sie jedoch keine Bedenken zu haben. Was erzählst du da?"

Mateo musste einen seiner hellen Momente haben, sah sie ruhig an und sagte: „Wir haben über das Projekt gesprochen, ‚Café Colombia', und ich habe ihm gesagt, dass man sich auf dich wunderbar verlassen kann. Das wird also gelingen."

Er wandte sich mir zu. „Wissen Sie, seit Jahren vertraue ich ihr meine Kreditkarte an. Sie ist noch nie über Gebühr strapaziert worden. Alles war immer korrekt. Und ich kann mich auch darauf verlassen, dass sie jeden Dienstag zur gleichen Zeit kommt.

Ich weiß also, dass ich mir um Drei wieder das Glas füllen kann."

Er sah jetzt Sonya an. „Also, Milja, ich habe dich nur gelobt und unserem Gast Zuversicht vermittelt."

„Na ja", meinte Sonya, „will ich dir mal glauben. Worüber habt ihr sonst noch geredet?"

„Über den Macondo-Roman von Gabo. Das war ja sein erstes Buch in Millionenauflage. Unser Gast hat es gelesen und wunderbar darüber gesprochen. Du hast das Essen bestellt?"

„Ja, natürlich. Sonst wäre ich ja nicht weg gewesen. Es wird gleich gebracht. Gegrillte Seebrasse, Reis, frittierte Bananenscheiben."

„Schön", bemerkte Mateo. „Falls unser Gast nicht weiß, wie man mit den Gräten umgeht, hilf ihm bitte. Einen Todesfall kann ich hier nicht gebrauchen. Du bist ja eine Künstlerin im Sezieren. Mir musst du nicht helfen. Ich nehme gleich mein viertes Glas und kann ganz ruhig mit dem Fisch umgehen."

39

Eine Viertelstunde später wurde das Essen gebracht. Mateo ging völlig ruhig mit dem Fisch um, Sonya half mir, hob gekonnt das Grätengerüst heraus, sagte: „Pass trotzdem auf. Einzelne Gräten können sich noch verstecken."

Die karibische Seebrasse war das Leckerste, was ich je gegessen hatte. Vorzüglich gegrillt und gewürzt. Dazu leistete ich mir einen Roncito. Nach dem Essen, die Dämmerung war inzwischen gekommen, sagte Mateo: „Kinder, ich geh jetzt zu Bett. In meinem Alter ist man schlafbedürftig." Er tastete den Tischrand ab, fragte: „Wo ist meine Krücke?" Sonya antwortete ihm: „Dann bist du wohl ohne gekommen. Sie steht bestimmt an deinem Bett." Sie stand auf, sagte: „Ich hole sie dir."

„Nein, nein", wehrte Mateo ab. „Wenn ich ohne hierhin gekommen bin, komme ich auch ohne wieder zurück. Kinder, vergnügt euch. Das Alter geht."

Er warf noch einen letzten Blick auf das leere Glas, erhob sich, steuerte mit sicheren Schritten auf einen Raum neben der Küche zu. Dort drehte er sich noch einmal um, hob den Zeigefinger und sagte: „Sie, junger Freund, wenn Sie eine Reportage über ausgewanderte Rentner schreiben, Milja hat mir das erzählt, dann denken Sie bitte daran, es sind nicht nur finanzielle Gründe. Auch als Rentner sollte man eine warme Frau im Bett haben. Und vergessen Sie bitte nicht, die Klingel zu drücken. Mein Vater war General. Er hat mich immer gefördert. Von der Gartenarbeit bis hin zur Bildung. Nur mit der Kunst bin ich ihm in die Quere gekommen. Milja, mach es. Unser Gast hat Gabos magischen Realismus verstanden. "

Ich staunte über das Lob. Hatte ich wirklich verstanden? Ich wusste es nicht. Ich goss mir ein zweites Glas Rum ein und sagte zu Sonya Emilia: „Ich möchte mit dir schlafen. Aber du bestimmst, wann das passiert."

Sie lachte, antwortete: „Da kannst du lange warten."

Ich stand auf, nahm ihre Hand, sagte: „Dann komm!"

Sie lächelte, kam mit zum Strand. Dort versuchte ich, ihr die Jeans von den Beinen zu ziehen, aber sie sagte: „Bemühe dich nicht. Ich mache das freiwillig."

Ab und zu schlug eine warme Welle über uns zusammen. Endlich erlebte ich die Schönheit und Intensität einer karibischen Nacht.

Eine Stunde später saßen wir noch bei einem Roncito auf der Veranda zusammen. Ich dachte an den Spruch des Descartes. ‚Cogito, ergo sum.‘ Ich denke, also bin ich. Ganz falsch war er nicht. Meiner auch nicht. ‚Coito, ergo sum‘. Ich vögel, also bin ich. Aber rundherum richtig war nur der Spruch: Ich liebe, also bin ich.

„Wir brauchen keine zwei Zimmer", sagte ich zu Sonya Emilia. „Eins ist viel besser. Und ich werde auch in Kolumbien bleiben. Mein Zeitungsverlag bekommt zwei Reportagen über das Auswandern."

Sonya lächelte und sagte: „Mein Haus ist groß genug."

40

Meine Entscheidung war also gefallen. Die Nachrichten aus Deutschland wurden immer skurriler. Klimaaktivisten legten Privatjets lahm, die für Herzplantationen fliegen sollten, hatten die ersten Toten zu verantworten. Die Bundesbahn meldete immer öfter Gleissperrungen, weil sich

Selbstmörder auf die Schienen legten oder waghalsige Jugendliche Selfies zwischen den Gleisen machten. Hinzu kam die Entscheidung, die Ukraine entgegen der Ostverträge Willy Brandts in die Nato aufzunehmen. Die Politiker spielten verantwortungslos mit dem Feuer. Ein dritter Weltkrieg drohte, der fürchterlicher werden würde wie die beiden zuvor. Europa hatte sich auf ein Pulverfass gesetzt.

Noch spät in der Nacht rief ich Heinen an. In Deutschland war es schon später Morgen.

„Du bekommst zwei Reportagen über das Auswandern", sagte ich. „Eine über Weißgerber. Die andere über mich selbst. Ich bleibe hier."

„Nein, tu mir das bitte nicht an! Ich möchte dich nicht verlieren."

„Tust du auch nicht. Ich arbeite online. Den ‚Weihnachtsmann' sollten wir auch wieder aktivieren."

„Auf keinen Fall. Deine skurrilen Einfälle werden hier aufgegriffen, ernstgenommen und umgesetzt. Helmpflicht für Fußgänger und so weiter. Das mache ich nicht. Wie kommt das überhaupt, dass du dableibst?"

„Ich habe mich verliebt. In das Land und eine Frau."

Ich erzählte ihm von meiner Begegnung mit Sony Emilia, von meiner Idee, das Café Colombia wieder neu ins Leben zu rufen. „Literatur ist das Großartigtse, was es gibt", sagte ich. „Der magische Realismus muss wiederkommen."

„Versteh ich jetzt zwar nicht, aber okay. Wann sehe ich dich noch mal?"

„In drei Monaten. Ich muss das mit meiner Wohnung regeln und brauche auch ein paar Dokumente. Ich werde hier heiraten. Ich habe gefunden, was ich suchte."

„Das habe ich schon einmal von dir gehört."

„Dann höre es dir bitte noch einmal an. Ich kannte bisher die karibische Nacht noch nicht."

„Du bist ein hoffnungsloser Idiot."

„Nein, bin ich nicht", widersprach ich. „Ich habe jetzt gespürt, wie schön das Leben eigentlich ist. Warum sollte ich nach Deutschland zurückkommen?"

Ein langer Seufzer am anderen Ende. „Na gut, aber pass auf, dass ich nicht auch komme. Luana meckert immer häufiger über das Leben hier. Ich habe mir auch schon überlegt, nach Amazonien auszuwandern. Die Aufklärung mit unserer Zeitung ist zwar ein edle Sache, aber manchmal ermüdet der Kampf gegen die Dummheit. Manchmal will ich einfach nicht mehr. Von Manaus nach Bogotá, das sind nur drei Flugstunden. Das weiß ich schon."

„Schön", sagte ich. „Dann mach es so. Du kannst hier an einer spannenden Runde teilnehmen. Hier wird die Welt wieder poetisch."

www.ruediger-schneider.net